AF302526

LE MESSAGER DE TITAN

Jaques CLAUZON

LE MESSAGER DE TITAN

Anticipation

Auto édition du même auteur :

- Le fantôme au réveil

- les disparus de 33

Édition : BoD – Books on Demand, info@bod.fr
Impression : BoD – Books on Demand,
In de Tarpen 42, Norderstedt (Allemagne)
Impression à la demande

ISBN : 978-2-3224-3502-9

Dépôt légal : Novembre 2022

À tous ceux qui se
posent des questions sur l'univers dans
lequel nous vivons et l'avenir de notre
planète.

Remerciements:

- Merci à Marie pour la réalisation des pages 1 et 4
de couverture

- Merci à Marie-France pour sa relecture
rigoureuse

*« Mes yeux se ferment et ne comprennent pas le
rêve dans l'espace infini qui s'éloigne,
insaisissable, devant moi. »*
(Paul Gauguin)

Prologue

Le 12 novembre 1980 la sonde Voyager 1 survole Titan satellite de Saturne.

La sonde Cassini-Huygens, lancée le 15 octobre 1997, s'est insérée en orbite autour de Saturne le 1er juillet 2004. Il lui a fallu **plus de 7 ans** pour faire ce voyage, ou très exactement 2664 jours.

Le14 janvier 2005, Huygens le module réalisé par l'Agence Spatiale Européenne "ESA" et transporté par la sonde Cassini s'est posé sur Titan.

Le 8 juillet 2051, c'est l'homme à son tour qui y pose le pied …

1.

2058

Enfin il est de retour dans l'orbite terrestre …

Igor LINTILLAC se déplace vers le hublot qui lui permet d'observer l'environnement de son module. Revoir la planète bleue va le changer des couleurs ocre de la planète dite "rouge" qu'il a quittée il y a bientôt trois mois.

Comme il a également passé auparavant trois mois dans les nuances orange de Titan, le bleu et le vert de sa terre natale lui manquent énormément.

Au total avec la durée du voyage aller-retour, cela fait près de quinze années qu'il a quitté sa planète pour mener à bien la mission Gautier-Owen dont l'objectif était de poser un homme sur le satellite de Saturne.

Ces deux astrophysiciens avaient été dans les années 2000 les promoteurs de la mission Cassini. Il avait donc été considéré comme une évidence de baptiser cette nouvelle grande aventure des noms de ces illustres passionnés par l'étude de Titan.

Depuis 2004, année où le module Huygens s'était posé pour la première fois sur cet astre, plusieurs robots y avaient été à nouveau envoyés pour mieux le connaître et préparer une visite humaine.

En parallèle, les explorations de notre satellite, et de Mars la planète habitable la plus proche de la terre se sont multipliées sur fond de concurrence entre les grandes nations spatiales. La Chine s'était focalisée prioritairement sur la Lune avec la Russie. Les États-Unis avec l'Europe avaient fait de Mars leur objectif principal.

À la naissance d'Igor en 2018, les techniques sont encore peu développées mais vont s'améliorer de manière inimaginable dans les années 2030 avec l'apparition de la concurrence d'acteurs privés comme les Américains Elon Musk, à la tête de SpaceX, Jeff Bezos et sa société Blue Origin, ou encore le Britannique Richard Branson, dirigeant de Virgin Galactic.

Ils ont apporté une vision nouvelle de la conquête de l'espace en l'ouvrant au tourisme spatial. Ils ont aussi mis au point de nouvelles fusées et de moteurs permettant de se projeter sur des objectifs plus lointains.

Les premières missions puis l'établissement par le consortium américano-européen d'une base permanente sur Mars furent les actualités dont Igor entendit parler tout au long de son enfance.

L'ambition d'Elon Musk d'y établir une colonie d'un million de personnes avant 2060 n'avait pu être réalisée. Mais les allers-retours vers la planète rouge étaient devenus une routine lors du démarrage de la mission Gautier-Owen en 2034. La durée du voyage restait cependant toujours d'environ trois mois en fonction de l'alignement des planètes.

Le retour tellement attendu d'Igor, après toutes ces longues années ne s'effectuait pas dans les conditions imaginées. Le jeune prodige avait réussi à gagner l'unique place pour devenir "l'Homme de Titan". Il avait vécu sur Titan une expérience et surtout acquis des informations incroyables.

Devenu le dépositaire exclusif d'une information capitale il devait la communiquer à la population entière de sa planète d'origine. Mais celle-ci avait changé d'une manière si importante que son message risquait de ne plus être suffisant pour arrêter le processus en cours …

Se préparant à orienter son regard vers l'extérieur, son esprit le ramena à son histoire, celle qui avait fait de lui ce qu'il était aujourd'hui, l'homme désigné par le destin pour apporter au monde une nouvelle d'une importance capitale.

2.

C'est en 2018, à l'entrée de la base de Francazals à Toulouse que fut trouvé dans une poubelle par Loïs REGAIN technicien informatique, un bébé de quelques heures.

Il faut croire que le destin du nouveau-né était déjà marqué par les techniques de pointe, car c'est sur cette base que la phase européenne de la réalisation du projet lancé en 2013 par Elon Musk *"l'Hyperloop Transportation Technologies"* va se réaliser. C'est là que doit être réalisé l'assemblage de sa première piste d'essai dans son centre de recherche et de développement de Toulouse.

Le nouveau-né fut récupéré par les services sociaux et après des recherches infructueuses sur ses parents fut baptisé Igor. Ce prénom était inspiré par le retour des frères Bogdanoff l'année précédente comme chroniqueurs scientifiques dans l'émission "*Touche pas à mon poste*"!

Il fut assez rapidement proposé à l'adoption et à moins d'un an fut confié à un couple.

Celui-ci, sans enfants âgés tous deux d'une quarantaine d'années, choisit sans hésiter Loïs comme parrain. Le couple tenait un gîte et chambres d'hôtes dans un petit coin de l'Aveyron près de Saint-Afrique. Il était situé dans les terres du Rougier du côté de Camarès.

Le voyageur qui s'y aventure est surpris, en parcourant la campagne, par le contraste entre le bleu du ciel et le rouge de la roche gréseuse qui compose ce paysage lunaire parsemé de vert et balayé par le vent. Cette couleur – rouge comme un symbole - donne au pays toute son identité, et suivra le jeune adopté jusqu'aux confins de l'espace.

C'est donc sur cette terre de sang, secteur d'élevage des brebis laitières de race Lacaune qui fournit le Roquefort fromage de caractère, que notre petit Igor fit ses premiers pas.

Très tôt, on remarqua chez lui des capacités physiques et intellectuelles exceptionnelles. Sa scolarité se déroula de manière si aisée qu'à seize ans il arrivait aux portes de l'université. Son avenir était pour lui tout tracé. Il ferait carrière dans le domaine de l'espace.

Ce désir lui était venu très tôt quand avec son père il passait des soirées entières à observer les étoiles. Cette soif de l'inconnu le fascinait. Il demanda à ses parents de faire de nombreuses visites à la cité de l'espace à Toulouse. Grâce à son parrain il put entrer en contact avec les équipes qui travaillaient sur le projet d'Elon Musk à Francazals.

Il était à tel point passionné qu'il devint leur mascotte et eut du coup la possibilité de rencontrer le Grand Patron en personne. Celui-ci impressionné par sa détermination lui proposa de garder le contact et de l'informer quand il aurait fini ses études afin de lui proposer un travail dans son entreprise. Du coup, une fois atteint le niveau universitaire, il chercha la formation la plus proche de ses objectifs.

La première année, il entra à l'IPSA (*École d'Ingénieurs-Aéronautique et Spatiale*) à Toulouse pour se spécialiser dans la logistique, la conception des systèmes spatiaux ou aéronautiques.

Il y apprit que dans la formation de l'ESTACA (*École Supérieure des Techniques Aéronautiques et de Construction Automobile*) à Paris, il y avait en 4ème année un stage d'ingénieur au CNES spécialisé dans la recherche sur les caractéristiques du sol martien.

Ces recherches étaient effectuées à partir des informations recueillies lors des missions effectuées sur Mars. Toujours à l'ESTACA l'année d'après, en fin d'études, un autre stage était possible à Astrium Space Transportation. Celui-ci très pointu portait sur l'étude des nouvelles chaînes de navigation et l'évolution du contrôle des lanceurs. Cette information le décida de quitter Toulouse pour le Campus Paris-Saclay.

Parallèlement, durant ces cinq années d'études, il passa les brevets de pilote arrivant à obtenir sa licence pour les long-courriers. C'est donc à 21 ans que diplômé il reprit contact avec Elon Musk, son mentor, qui avait été à l'origine de la création du Consortiom Américano-Européen.

Durant ses études il avait suivi en permanence l'évolution extrêmement rapide des technologies pour la conquête de l'espace.

C'était pour lui un feuilleton passionnant de voir émerger les projets qu'il avait entrevus dans ses rêves les plus fous. Les évolutions techniques laissaient entrevoir de nouveaux engins plus performants. D'ambitieux projets voyaient le jour dont s'étaient emparées les grandes puissances de la planète. Elles étaient soutenues par des consortiums industriels qui voyaient dans l'espace s'ouvrir de nouvelles sources de profits en exploitant des matériaux rares ou de plus en plus surexploités sur terre.

Les Américains se positionnèrent les premiers sur le sujet. Le *Space Act of 2015*, fut adopté de manière unilatérale. Cette loi américaine, autorisait les entreprises privées à forer des corps célestes pour en extraire les matières premières et les commercialiser. Cette loi permettait ainsi aux Etats Unis de contourner le traité qu'ils avaient signé avec le Royaume-Uni et l'Union soviétique le 27 janvier 1967, ratifié à l'unanimité par le Sénat américain et entré en vigueur le 10 octobre 1967. Ce traité par son article 2 indiquait que *"L'espace extra-atmosphérique, y compris la lune et les autres corps célestes, ne peut faire l'objet d'appropriation nationale ..."*

Par réaction, la Chine et la Russie s'étaient associées pour de ne pas laisser les États-Unis seuls sur la Lune, s'accaparer ses ressources naturelles. Les deux états avaient décidé de coopérer dans la réalisation d'une base de recherche habitée sur la lune.

Le choix de la position de cette base s'était porté sur la face cachée de notre satellite permettant un développement moins visible depuis la terre.

Sa construction avait débuté en 2026 et la mise en service en 2035 l'année où Igor faisait son entrée à l'ESTACA.

Grâce au lanceur super-lourd "Longue Marche 9" les chinois s'y sont installés sur la durée.

Pour que leur colonie lunaire puisse y vivre, il leur a fallu développer au maximum les ressources sur site. L'eau étant un élément primordial et prioritaire, elle a été recherchée au pôle sud dans des régions plongées en permanence dans l'ombre, à $-120°C$. C'est la glace détectée par la sonde américaine "Lunar Reconnaissance Orbiter" qui a été utilisée.

L'électrolyse de l'eau leur a permis aussi de produire de l'hydrogène, de l'oxygène liquide et du peroxyde d'hydrogène, carburants utilisés également pour les vaisseaux spatiaux.

L'installation de cette colonie avait pour but principal de récupérer de l'hélium-3. Cet élément est une chose extrêmement rare sur Terre mais abondant sur le sol lunaire car il y est déposé par les vents solaires.

Cet isotope est le carburant idéal pour la fusion nucléaire. Processus différent de la fission qui permet en assemblant deux noyaux atomiques légers de produire des quantités considérables d'énergie sans déchets radioactifs. L'hélium-3 permettrait ainsi de résoudre les problèmes énergétiques terrestres en plus de servir aux moteurs spatiaux, d'où l'importance de cette exploitation.

Plus ambitieux encore, d'autres objectifs étaient affichés. Les Russes délaissant l'ISS préparaient avec leur nouveau partenaire la mise en orbite autour de la lune d'une nouvelle station spatiale devant servir de base pour des expéditions plus lointaines vers Mars notamment.

Quelle en était la raison ? La lune possède des ressources nouvelles, mais ce sont celles de Mars qui paraissent les plus intéressantes. Dans l'idée des russo-chinois la Lune devient une sorte de station-service pour les opérations en orbite terrestre, et pour les vols interplanétaires, vers Mars et au-delà.

Du côté des États-Unis, il y avait l'injonction de Donal Trump faite à la Nasa de remarcher sur la Lune et d'y construire une base avancée vers Mars. Ils avaient donc eux aussi pour premier objectif de remarcher sur notre satellite

Le programme Artemis avait donc été mis au point complété par la station spatiale Gateway. Placée elle aussi sur une orbite lunaire, elle devait

faciliter la route vers Mars comme celle préparée par les russo-chinois.
La concurrence était donc rude.

Les pays en développement, très inquiets des positionnements américains et des ambitions chinoises acceptèrent, pour ne pas rester sur la touche, des collaborations qui se répartirent en fonction des intérêts géopolitiques soit du côté chinois soit du côté américain.

L'Europe, dont particulièrement la France, était très impliquée dans le projet Artemis. Sans abandonner totalement une coopération avec une Russie fragilisée par les évènements en Ukraine, elle continua dans les projets engagés avec la Nasa.
En effet l'agence Européenne avait déjà depuis 2025 fourni le module de service du vaisseau Orion un élément vital pour la vie des astronautes et devait aussi réaliser des éléments pour le projet de la station Gateway.

Pour ne pas se faire distancer dans la course vers la Lune, la Nasa abandonna le projet Gateway se consacrant exclusivement au projet lunaire. Mais elle ne voulait pas pour autant abandonner l'objectif Mars.
Elle délégua donc le projet au secteur privé qui grâce à des temps de réaction et des innovations

techniques époustouflantes était devenu pratiquement égal à l'agence américaine.

C'est donc en 2036 que fut créé le CAEM (Consortiom Américano-Européen pour Mars).

A cette période, pour Igor, il restait encore deux années de formation. Restant en contact avec l'équipe d'Elon Musk, il préparait son intégration dans l'équipe du projet Martien en allant puiser au maximum dans le cadre de ses études tout ce qui s'approchait concrètement de cet objectif.

3.

Depuis des années, Elon Musk n'ambitionnait rien de moins que d'établir avant 2060 une colonie d'un million de personnes sur Mars. La décision de la Nasa de déléguer au privé le projet martien ne pouvait que l'enthousiasmer. L'entrepreneur reprit donc l'ébauche de fond en comble.

Avec son esprit d'innovation, il réunit toutes les idées et recherches antérieures qui avaient été soit oubliées soit abandonnées parce qu'elles semblaient irréalistes ou trop coûteuses à mettre en œuvre et en tira tout ce qui pouvait faire progresser son projet.

Grâce à ses immenses moyens financiers et aux nouvelles connaissances techniques, il mit au point un nouveau procédé pour envoyer en orbite de petits éléments et les y assembler de manière automatique. Ces "pièces détachées" étaient envoyées par vagues successives grâce au système de lancement cinétique électrique au sol mis au point par la société Spin Launch qu'Elon Musk s'était empressé de racheter voyant le potentiel de cette innovation technologique.

Spin Launch était une jeune société qui avait mis au point une nouvelle méthode pour mettre en orbite basse des masses de 200 Kg. C'est la masse qui correspond à de petits satellites. Le système de lancement n'utilisait plus une fusée classique avec du carburant mais un lancement en rotation faisant effet de fronde. Ce mode de lancement utilisant l'énergie cinétique créée par une mise en rotation électrique avait l'avantage de coûter moins cher et d'être écologique. En plus les lancements pouvaient se succéder de manière rapide.

Les éléments une fois lancés et l'assemblage réalisé en orbite, c'était aux hommes de le compléter avec du matériel plus imposant utilisant toujours un lanceur traditionnel.

Grâce à cette méthode Elon Musk se donnait la possibilité d'aller sur Mars. Sa fusée Starship dotée d'un moteur à énergie nucléaire lui permettait de se passer de l'étape lunaire et d'en assurer aussi largement le retour.

Cela évitait de transporter des volumes de réserves d'énergie en laissant plus de place pour les équipages et surtout pour ramener les matériaux extraits de la planète rouge. C'était d'ailleurs le retour financier de ce commerce qui motivait son investissement.

Le pari fut réussi. Dès la fin 2039 les premiers hommes posèrent le pied sur Mars. Igor rentrait dans sa vingt et unième année et était déjà intégré dans le centre de recherche du CAEM sur sa base française à Toulouse. Mais son intention était de rentrer dans le cercle des candidats aux voyages martiens. Pour ça, il lui fallait attendre un peu. L'objectif d'Elon était d'assurer les conditions d'exploitation sur Mars. Cela demandait d'abord de faire monter en puissance la base qu'il y avait installée.

Installée, plus précisément enterrée. Les conditions de vie sur cette planète y sont très difficiles : écarts des températures importants entre le jour et la nuit, tempêtes de poussières très fréquentes et surtout les radiations mortelles pour l'homme. Pour pouvoir y vivre les ingénieurs du CAEM mirent au point des cellules de vie souterraines grâce au "Daedalus" un appareil sélectionné au départ par l'ESA pour effectuer une exploration des entrailles de la Lune. Adapté pour Mars, le rover permet de relier les cellules entre elles en creusant des tunnels. L'ensemble est alimenté en énergie par des réacteurs Kilopower.

L'eau au départ a été amenée de la terre et recyclée, mais puis a été très vite fournie par des forages. L'oxygène fabriqué à partir de l'eau a été le dernier point à régler avant d'entreprendre l'exploitation minière. Celle-ci étant entièrement robotisée a permis de limiter le nombre d'astronautes à vivre en permanence sur la planète.

Pour remplacer les humains, Elon avait misé dans les années 2020 sur son mystérieux projet de robot humanoïde de Tesla dénommé "Optimus", mais il avait été devancé par le britannique Engineered Arts qui avait créé la surprise avec son robot "Ameca" avec des expressions faciales très réalistes, il s'était donc empressé de racheter l'entreprise pour faire un mélange des deux projets. Ce sont ces robots qui pour une grande part réalisent l'ensemble des tâches y compris la navigation.

Les produits extraits sont alors mis en orbite avec le système de lancement SpinLaunch plus performant encore que sur terre, étant donné la pesanteur plus faible de Mars, le retour sur Terre se fait sur le même principe que l'aller avec récupération sur une base spéciale pour le déchargement des minerais.

Toutes ces étapes ont été suivies de près par Igor même s'il était loin géographiquement du centre texan. Il était depuis peu chargé de superviser la réalisation de la 4ème ligne Hyperloop prévue entre Paris et Berlin.

Après Toulouse-Montpellier, ce nouveau moyen de transport avait ensuite été réalisé entre Toulouse et Paris, puis entre Paris et Marseille. Le projet de la nouvelle liaison européenne était entré en concurrence avec le système subsonique canadien. Finalement c'est avec difficulté que le contrat avait été remporté par la société d'Elon. Igor en avait la charge, et c'était une grande marque de confiance de la part du patron, car de ce succès dépendait un grand nombre d'autres projets dans toute l'Europe.

Malheureusement l'avenir s'annonçait bien mal. Sur l'ensemble de la planète les changements climatiques s'amplifiaient amenant des contraintes nouvelles. La très forte augmentation de la température engendrait des périodes de sècheresse de plus en plus intenses et longues provoquant une multiplication des incendies dans les pays nordiques, habituellement plus humides. En contraste des pluies diluviennes lavaient les sols et inondaient de grandes surfaces le tout accompagné d'une montée du niveau des mers sur toute la planète. La France et l'Europe en général n'étaient pas épargnées.

Les grands travaux supervisés par Igor étaient tributaires de ces variations. Le contexte géopolitique mondial lui aussi n'était pas plus positif.

Depuis l'intervention russe en Ukraine en 2022 un nouveau "rideau de fer" s'était établi coupant l'Ukraine en deux. La coopération russo-chinoise établie pour l'espace se concrétisait aussi sur la terre et dépassait toutes les estimations faites par les pays européens.

Se sentant plus fort, les chinois menaçaient Taiwan de façon de plus en plus précise ainsi que la Corée du Nord sur sa voisine du Sud. Le Japon l'Australie et les Etats-Unis avaient monté une coalition d'entraide militaire rendant explosive la situation dans le Pacifique.

En même temps, les crises sociales s'accentuaient dans de nombreux pays à cause des pénuries alimentaires. Les changements climatiques créaient des famines dans des régions de plus en plus étendues. Face à ces bouleversements les dirigeants politiques de tous les pays n'arrivaient plus à maintenir l'unité nationale. Se regroupant entre eux pour faire face aux pénuries, les communautarismes ethniques, religieux ou de genre, montèrent en puissance jusqu'à s'organiser localement de façon de plus en plus indépendante des institutions nationales.

Quand en 2040 Igor fut appelé par Elon Musk sur le pas de tir de la Starbase de Boca Chica, au Texas, il partit avec soulagement espérant quitter au plus vite cette terre en pleine ébullition pour réaliser son rêve, aller sur Mars.

Assez vite, il fut choisi pour une première mission sur la planète rouge. Ces voyages étaient déjà devenus des missions de routine consistant principalement à contrôler les conditions de fonctionnement des systèmes d'exploitation minière et le retour sur terre de la production.

C'était ce que faisaient déjà les Russo-Chinois depuis plusieurs années sur la lune en maintenant la concurrence avec la Nasa, ce qui compliquait les relations avec les Etats-Unis. Pourtant les Russes sentaient que leur collaboration commençait à battre de l'aile car à cause de sa surpopulation le gouvernement chinois lorgnait de plus en plus sur les espaces vides de Sibérie

En revanche, pour la course vers Mars, le CAEM d'Elon Musk possédait une grande avance. Les concurrents en étaient toujours à la phase expérimentale de leur nouveau vaisseau car depuis Zhurong, le premier rover chinois qui avait foulé le sol de Mars le 27 juin 2021, les essais ne correspondaient pas à l'ensemble de leurs attentes les obligeant à retarder leur implantation sur cette planète. Elon savait qu'il n'avait pas trop de crainte de voir la concurrence arriver rapidement sur "sa" planète.

Son ambition ne s'arrêtait pas là. Il murissait en secret, maintenant qu'il avait une assise sur Mars, une aventure plus importante et lointaine, il visait Titan !

4.

En effet d'après les recherches effectuées, cet astre possède plusieurs atouts. Le principal est son atmosphère. Elle protège des radiations et rayons cosmiques qui sont fatals aux humains et qui posent de gros problèmes sur Mars. Également comme il y a une pression atmosphérique, les combinaisons n'ont pas besoin d'être pressurisées et peuvent être plus légères, même si elles doivent permettre une isolation du froid extrême de Titan. Il suffit donc d'avoir juste de quoi permettre aux futurs colons de respirer

Autre atout, la planète possédant d'importantes réserves d'eau et d'hydrocarbures, une colonie pourrait s'y installer en ayant la possibilité de fabriquer sur place des éléments en plastique pour construire les lieux de vie et de travail.

Ces possibilités attiraient le milliardaire en faisant pour lui un nouveau challenge à relever maintenant que Mars était colonisée. Par contre si le potentiel était là, il fallait maintenant régler d'autres problèmes. En effet, atteindre Titan était une tout autre chose que d'aller sur la planète rouge.

La distance d'abord, cette lune de Saturne est située à 1,5 milliard de kilomètres de la Terre. Il faut compter environ 7 ans de voyage pour faire un aller simple. Les communications mettant plus d'1 heure 20 dans le sens Terre-Titan et autant pour revenir, tout doit être programmé à l'avance car les temps de réactions sont trop longs pour manoeuvrer rapidement depuis un centre de contrôle terrestre. Cela a été fait pour le module Huygens envoyé en 2005, c'était donc reproductible, mais ce n'était qu'un robot qui avait été envoyé et non un homme, robot dont en plus on n'avait pas prévu le retour !… Il fallait donc en plus des problèmes techniques, s'occuper du facteur humain.

La tâche était donc ardue. L'entrepreneur milliardaire ne pouvait pas se permettre un échec. Il prit le parti de garder secret le projet jusqu'au départ et de travailler à la conception de ce voyage sous le couvert de l'amélioration des trajets Terre-Mars.

Pour le déroulement de ce projet il envisageait une première durée sur place de trois mois effectuée par un seul homme parti de la base martienne. Ce serait une première étape "test" pour mieux connaître le potentiel de cette lune de Saturne et envisager les conditions d'installation dans la durée d'une colonie autonome.

Concevoir un voyage aussi long demandait de solutionner deux problèmes.

1) D'abord il fallait trouver les moyens techniques pour y amener un humain dans de bonnes conditions de vie et de survie sur place puis le ramener sur la terre après une escale sur Mars.

2) Ensuite trouver les moyens de maintenir un homme en bonne santé physique et mentale sur la durée pour encaisser les conditions extrêmes du voyage.

Le côté technique quoique complexe fut assez facilement résolu. Vu la durée du déplacement, tout devait être automatisé. Pour réaliser le projet, trois vaisseaux furent assemblés sur Mars.

Le premier fut envoyé vers l'objectif en 2035 le but étant de vérifier les conditions de vol et de pose sur Titan. Malgré des moteurs plus performants, il fallait tout de même six années de déplacement pour atteindre le but. Le vaisseau permit au module prévu de se poser dans de bonnes conditions renseignant en même temps sur les conditions particulières de la planète. L'expérience s'était déroulée sans problème majeur, cela conforta les équipes dans la certitude de réussir les autres phases.

Pour le deuxième vaisseau, c'était un concept différent. Il avait pour mission de déposer un élément qui devrait être un module de vie permettant au spationaute d'y survivre au moins les trois mois prévus de son séjour. Il devait aussi y amener un appareil de secours pour, en cas de problème, pouvoir rejoindre en orbite le vaisseau qui ayant assuré l'aller l'attendrait pour le retour sur Mars étape ultime avant de revenir sur la terre.

Le lancement de ce module de vie était prévu trois ans avant le voyage humain. Il serait donc arrivé sur la planète alors que le vol habité n'aurait fait que la moitié du parcours. Dans le cas où il aurait eu un problème durant le voyage ou des difficultés à se poser sur Titan, le cosmonaute n'aurait aucune possibilité de rester les trois mois prévus. Averti, il pourrait faire demi-tour sans encombre n'ayant fait que la moitié du parcours.

Les conditions de voyage par contre auraient des retentissements sur la physiologie et la psychologie humaine. Six ans pour aller et autant pour revenir, ce n'était pas sans poser les questions de vie voire de survie.

Les recherches sur le sujet demandées par Elon aboutirent à une solution qui fut testée plusieurs fois de façon courte mais positive lors des voyages sur Mars.

Cela consistait à mettre l'astronaute en un état similaire à un coma artificiel. Pendant cette durée, il ne consommerait que très peu d'énergie en oxygène et serait alimenté en continu par un système de perfusion. Par contre la durée de cet état ne pourrait dépasser deux ans sous peine d'avoir au réveil un individu ayant perdu une énorme masse musculaire et donc ne pourrait pas être opérationnel.

Les spécialistes estimèrent raisonnable la durée de onze mois consécutifs de sommeil avec des pertes minimes dans la mesure où le corps était mobilisé de façon régulière.

Un siège sur mesure, sorte d'exosquelette fut mis au point afin de faire bouger le dormeur et lui garder un maximum de capacités musculaires et articulaires.

Au bout des onze mois, réveillé, le pilote pourrait reprendre une vie normale consacrée pour une grande part à une remise en condition physique maximum, tout en vérifiant les paramètres de son vaisseau et de sa navigation et transmettre le tout à la terre. Même si les transmissions risquaient d'être longues, reprendre contact avec la vie terrestre ne pourrait qu'être bénéfique pour le voyageur, et un soulagement pour ceux qui sur terre assureraient le suivi de la mission.

Pour accompagner le solitaire pendant ses périodes de réveil, Elon comptait sur le robot "Optimus". Mis au point dans les années 2023 il l'avait présenté comme être capable de "faire tout ce que les humains ne veulent pas faire" le modèle était déjà utilisé pour les voyages martiens.

Ce robot d'environ 1,70 mètre, déjà loin du célèbre C-3PO, avait à l'origine un visage écran, mais il avait été amélioré pour accompagner notre voyageur solitaire. Une tête "humaine" avait été réalisée avec des expressions faciales et vocales presque identiques à celles des humains. L'ensemble du corps était revêtu d'une peau synthétique similaire à celle des poupées sexuelles qui étaient déjà commercialisées depuis des années.

A la proposition faite de lui allouer une compagne de ce genre, la plus agréable possible, Igor avait rejeté l'idée. Il ne voulait pas entrer dans une sorte de relation qui ne lui convenait pas du tout. Il n'avait besoin que d'une aide pour les tâches courantes et exceptionnellement en cas de danger immédiat. Du coup, c'est un robot plus neutre qui fut adapté en fonction de ses vœux. En référence à ses lectures de jeunesse, il l'appela Nestor.

En plus de ses capacités à réaliser des tâches courantes, l'intelligence artificielle dont il était muni, lui permetrait de prendre des initiatives et tenir une conversation Il serait une compagnie intéressante pour les périodes de réveil de ce long voyage solitaire. Ensuite, après ce mois de remise en forme, le spationaute reprendrait son état léthargique pour une durée identique.

A son sixième réveil, il devrait être arrivé dans les environs de Saturne pour entamer sa descente sur Triton.

5.

Quand en 2044 est officialisé le départ de la mission Gautier-Owen avec l'objectif qu'un homme pose les pieds sur Titan, l'attention portée à cet exploit est assez limitée tant en Europe que dans le reste du monde.

En effet la situation sur la planète est dégradée à tous les niveaux. Les changements climatiques impactent de façon de plus en plus importante l'ensemble de la planète. La faim a maintenant atteint plus de la moitié de la population mondiale

La situation politique internationale est très tendue à la limite de l'explosion car les contestations sociales et les mouvements de population dus à la désertification deviennent plus importants et violents. Ils poussent chaque Etat à se replier sur lui-même en accusant les autres, et ce n'est pas l'exploitation de la Lune, de Mars ou de Titan qui peut résoudre la situation terrestre.

Le départ se fit donc dans une relative indifférence, mais pour Igor, cela n'avait pas une grande importance. Il était personnellement peu impliqué dans la vie sociale tout appliqué qu'il était à se préparer pour son objectif.

Ayant perdu ses parents adoptifs décédés en l'espace de deux ans, sa famille c'était l'équipe du CAEM qui s'activait sur le projet Titan.

Il y avait dans cette équipe beaucoup de femmes ingénieures ou techniciennes. Avec ses 26 ans, sa stature, et un joli minois, il avait beaucoup de succès auprès de ces dames. Il en profitait sans se soucier d'une implication affective même si les derniers mois avant son départ, il avait entamé une idylle un peu plus prolongée. Cette dernière conquête ne se faisait pas non plus beaucoup d'illusions. Envisager un avenir avec un homme qui partait pour le fin fond de l'espace et qui, s'il avait la chance d'en revenir, ne reverrait pas la Terre avant une quinzaine d'années était une chose insensée.

La séparation fut quand même chargée d'émotion, on l'aurait été à moins. Se retrouver seul et loin de ses racines terriennes même pour un passionné comme l'était Igor n'était pas malgré tout évident.

C'est dans cet état d'esprit qu'il décolla emporté par un lanceur classique des trajets vers Mars, car c'est sur la planète rouge que l'attendait le véhicule spécial pour Titan. Amenés sur la planète rouge élément par élément dans le secret absolu, les trois modules qui le constituent y avaient été assemblés.

Les deux premiers lancements préparatoires vers Titan s'étaient déroulés sans anicroche. Le premier avait permis de valider le projet, le second était en route depuis bientôt trois ans pour déposer sur la planète la cellule spéciale où il vivrait pendant les trois mois prévus de sa présence. Il ne lui restait plus qu'à partir à son tour avec un vaisseau de conception particulière composé, outre le lanceur, de deux autres éléments.

Le premier est la cellule de vie où il doit passer les six années du voyage à venir et autant pour le retour. Le deuxième est un module spécial adapté du "TIGER" (*Transforming Iintelligent Ground Excursion Robot*) inventé par Hyundai-motor-group et modifié de façon spécifique par les équipes d'Elon. Il doit, en se séparant de la cellule de vie, lui permettre de rejoindre sur Titan sa "maison temporaire" envoyée par le deuxième lancement.

Cet appareil comme les jouets transformers est un mélange de navette et de drone conçu pour lui permettre également des déplacements aériens ou au sol ou afin de découvrir le potentiel de l'astre.

Toute l'énergie nécessaire lui est fournie une fois encore par l'adaptation de l'équipe d'Elon Musk de deux trouvailles faite conjointement par une équipe de recherche suédoise et des scientifiques de l'université Jiao-tong de Shanghai.

Les Suédois avaient pu réaliser le stockage de l'énergie solaire par un dispositif spécial le "MOST" (Molecular Solar Thermal), et les chinois ont utilisé un générateur thermoélectrique compact pour transformer la chaleur en électricité.

L'énergie est captée par le dispositif MOST, même si l'éloignement du soleil est plus faible vu l'éloignement de Titan. Ce qui est stocké est utilisable pendant plus de 10 ans. Le catalyseur spécialement conçu par les chinois permet alors une production d'électricité quasi illimitée.

Evidemment le système des inventeurs a été amélioré et renforcé par les techniciens de l'équipe du CAEM pour les conditions particulières de fonctionnement dans le milieu hostile de Titan. Cet engin dénommé *"Globule"* par Igor doit lui permettre, en plus de la descente et l'exploration de la lune de Saturne, d'effectuer son retour dans l'atmosphère terrestre et de pouvoir s'y déplacer sans problème pour atterrir à sa guise là où il le voudra au cas où cela ne serait pas possible sur la base texane.

Tout était prêt, l'aventure humaine pouvait démarrer. Pour Igor, cette première arrivée sur Mars avait donc une saveur particulière. Il avait participé de très près à toutes les étapes de la mise au point et maîtrisait l'ensemble des paramètres de la mission. Il savait aussi que ce pourrait être un aller sans retour, mais l'excitation prenait le pas sur tout autre sentiment, et il était impatient de monter dans l'astronef récemment assemblé et prêt à partir.

Enfin, installé dans son exosquelette il attendit le décompte avec excitation se laissant sous la surveillance de Nestor. Sachant qu'il n'avait que quelques heures de lucidité avant de sombrer pour onze mois dans un état intermédiaire, ces heures, il devait les savourer tout en vérifiant les paramètres de vol, car dès qu'il serait placé sur sa trajectoire, tout serait automatisé jusqu'à l'arrivée à l'objectif de ses rêves.

— Ici mission Titan ! Tous les paramètres sont au vert, prêt à décoller …

— De contrôle Starbase Boca Chica tout est OK pour nous aussi, nous passons la main à la base de Mars.

— Je vous rappelle dans un an si tout va bien ! répondit Igor en riant …

— Bonne chance ! Furent les dernières paroles qu'il entendit dans ses écouteurs …

6.

Les derniers mots d'Igor relayés par la base de Mars arrivèrent à la station de contrôle du Texas. Tout allait bien. Pendant onze mois ne parvinrent vers la terre que les signaux réguliers émis automatiquement par le véhicule spatial.

Le premier puis le deuxième réveil se déroulèrent comme prévu. Igor semblait en bonne forme et son excitation n'était pas entamée. Il ne demanda pas beaucoup d'informations sur ce qui se passait sur terre, seul son objectif l'occupait. Pourtant, même si la situation terrestre s'envenimait ses correspondants ne pouvaient pas se permettre de lui saper le moral en lui apprenant de mauvaises nouvelles. Cela risquait de le démobiliser alors qu'il n'avait aucune possibilité d'intervenir sinon attendre presque un an avant de connaitre l'évolution des choses.

Le troisième réveil fut différent. Pour Igor, tout allait toujours bien, mais c'était un tournant du voyage. Il devait savoir par la base du Texas si le vol qui devait lui amener son module de vie s'était bien déroulé, et que "sa maison" l'attendait bien sur Titan.

Le contact avec la terre fut difficile à établir. L'éloignement n'en était certainement pas la cause. Il n'y avait pas eu de problème lors du dernier envoi. Peut-être que c'étaient des interférences dues aux phénomènes magnétiques. Cependant, il n'avait aucun moyen d'en savoir la cause réelle. Il avait au maximum un mois à attendre les informations pour savoir comment pourrait se dérouler la suite du voyage. De fait, plus de vingt jours passèrent avant qu'il reçoive un bref message de la Terre qui disait sans plus de commentaires : *"module de vie arrivé sur Titan".*

Toutes ses tentatives de contact direct pour savoir si le module était fonctionnel ou pas furent vaines. Il devait donc prendre la décision lui-même de continuer la mission ou de faire demi-tour.

Il n'hésita pas longtemps. Pourquoi abandonner un rêve qui s'était concrétisé en mission exceptionnelle. Qu'avait-il à gagner s'il faisait demi-tour ? Rien, il n'aurait alors pratiquement aucune chance de rester un "explorateur de pointe". Il redeviendrait un banal travailleur de l'espace. Au mieux on lui confierait une responsabilité pour de nouveaux programmes sans en devenir l'acteur principal.

Par contre, s'il continuait, il serait à jamais le premier homme ayant mis le pied sur Titan, et reviendrait auréolé de gloire. Même si la mission ne se déroulait pas comme prévu, il serait arrivé au bout du possible. Comme il était sans attaches sur Terre, il n'avait rien à perdre mais tout à gagner au contraire.

Il décida donc de s'en tenir au plan initial. Il verrait Titan ! Tout était déjà programmé pour son arrivée sur son sol. Au pire si la cellule de vie qui l'attendait avait eu un problème imprévu, il aurait assez d'autonomie pour rester quelques jours sur la planète. Il prendrait le temps d'avancer la programmation du retour. Ayant participé à la conception du programme, il était tout à fait capable le modifier pour décaler la date de son retour vers Mars.

C'est donc sans états d'âme qu'il continua son voyage. Il verrait bien après les onze mois de sommeil suivants si le centre de suivi terrestre avait rétabli le contact.

Les quatrième et cinquième réveils furent semblables pour le spationaute. Tout allait bien au niveau de sa santé à part une mise en activité plus lente. Son organisme avait plus de mal à se remettre dans un fonctionnement normal. Mais au bout de quelques jours, tout allait bien. A la différence des contacts avec la terre. Après sa quatrième année de sommeil, en se réveillant Nestor lui indiqua qu'un message avait été envoyé.

"Difficultés techniques sur le centre. La mission continue même si les communications sont coupées. Bonne chance!"

Lors du cinquième réveil il n'y eut plus de réception depuis la Terre même si de son côté il continuait à transmettre les informations sur son état et le déroulement de la mission, sans savoir si elles parvenaient bien au centre spatial terrestre.

C'est sans illusions qu'il rentra dans sa dernière phase de sommeil.

A son réveil, il devrait être dans les environs de Saturne en vue de son objectif …

7.

Les six ans de voyage étaient presque écoulés quand Igor reprit une nouvelle fois ses esprits. Ses réveils étaient de plus en plus cotonneux, et il lui fallut plus d'un jour pour sortir réellement de sa bulle, heureusement que Nestor était là pour l'assister. Bien qu'engourdi, il ne sentit aucun signe négatif venant de son organisme. Cela lui fut confirmé par le diagnostic du système qui analysait son état à chaque sortie de sa léthargie.

Son premier soin fut de demander à Nestor s'il avait reçu un signe venant de la Terre. Il était prévu qu'il fasse un rapport détaillé sur la première partie du voyage à son dernier réveil avant d'entamer sa descente sur Titan. Mais rien n'avait été envoyé depuis le centre de contrôle texan.

Avant de rédiger un rapport dont il ne savait pas s'il arriverait à bon port, il se dirigea vers le seul hublot lui permettant une vision sur l'environnement de son vaisseau. Avec des yeux écarquillés il réalisa que son engin était en phase d'approche de Saturne en passant, comme l'avait fait la sonde Cassini en son temps, entre la planète et ses anneaux.

Le spectacle était fabuleux. Igor conscient qu'il était le premier humain à vivre une telle expérience regardait de tous les côtés pour graver tout ce qu'il voyait dans son esprit. Par contre Titan se cachait sous une couche opaque de couleur jaune orangé ne laissant rien entrevoir de sa surface.

Il n'avait aucune manœuvre à effectuer, simplement contrôler le peu d'écrans installés dans l'habitacle. Comme tout était programmé, les opérations s'effectuaient de façon automatique sous le contrôle de Nestor. Elon avait souhaité épurer les cadrans de contrôle limitant à quelques voyants l'état de la progression par des couleurs dédiées. Pourtant un panneau pouvait s'ouvrir permettant en cas d'urgence une commande manuelle. Mais il n'en eut pas besoin, la mise en orbite se déroula sans problème. À partir de là, il organisa avec Nestor le passage dans le *Globule*, son atterrisseur qui devait le poser sur le sol de la planète.

Une fois à bord, il laissa Nestor agir pour le déposer par une lente descente à côté du module qui l'a précédé. Il aurait plus tard la possibilité de le piloter personnellement pour aller à la découverte de ce nouvel univers. En effet la densité de l'atmosphère et la moindre attraction permettaient des conditions de vol manuelles semblables à celles sur Terre.

La lente descente avait commencé. Au début, il ne vit pas grand-chose étant donné la brume épaisse de plus de trois cents kilomètres qui occupe la partie haute de l'atmosphère de Titan.

Il savait qu'elle était formée par la dissociation du méthane en réaction à la lumière ultraviolette du soleil. Elle forme des hydrocarbures dans la haute atmosphère produisant un épais smog orangé qui donne la couleur dominante de l'astre et le plonge dans une semi-obscurité permanente.

À partir d'une trentaine de kilomètres d'altitude, il commença à voir apparaître les zones claires et sombres qui dessinent le relief de la lune de Saturne.

Après deux heures trente de descente le *Globule* se posa près du module de vie qui était arrivé trois années auparavant et avait attendu dans les −180° Celcius de la surface. L'atmosphère est si épaisse qu'elle bloque la lumière du soleil qui met huit jours terrestres à traverser le ciel de Titan.

Les molécules d'azote de méthane et autres éléments chimiques composent la brume et font retomber une pluie de résidus atmosphériques, comme une sorte de goudron, formant des couches plus ou moins épaisses qui recouvrent certaines parties de la surface de la planète.

Il restait pour Igor à savoir si cet élément arrivé depuis trois ans avait bien résisté à l'atterrissage et aux conditions extrêmes de l'astre.

Etait-il resté fonctionnel pour la survie de l'explorateur ?

Un aperçu rapide permit à Igor de voir que l'extérieur du module de vie s'est recouvert sur un des côtés d'une couche de particules emmenées par un vent violent. Par chance, les trappes d'accès du sas d'entrée sont dégagées, il devrait donc pouvoir y amarrer son véhicule sans problème.

La jonction fut réalisée avec facilité comme si le matériel sortait de fabrication.

— Jusqu'ici tout a marché à merveille, pourvu que ça dure ! dit-il à Nestor.

Mais il n'avait pas encore foulé le sol de cet astre.

La vérification du module où il était prévu qu'il y vive trois mois lui prit du temps.

Entré avec son scaphandre, il mit en fonctionnement le système de génération de l'air interne et de température.

En attendant que celui-ci lui permette de se libérer de son équipement pour une tenue d'intérieur, il reprit les procédures contrôlant avec Nestor un à un les tableaux de commande. Globalement tout semblait en état de marche, les divers compartiments avaient un peu bougé lors du contact avec le sol gelé de l'astre mais les composants, bien arrimés, étaient intacts. Les réserves alimentaires étaient bien conservées ainsi que les moyens de survie au cas où des problèmes surviendraient.

Rassuré sur ses conditions de vie, il envoya un message au centre de contrôle de la mission espérant que la terre le reçoive. Il s'imaginait l'annonce de la nouvelle, le premier homme est arrivé sur Titan !

Il rédigea son message de façon très étudiée car ses mots feraient le tour du monde et resteraient dans l'histoire comme l'avaient été ceux des premiers posés sur la Lune et puis sur Mars. Le message parti, il savait qu'il fallait du temps avant qu'il arrive sur Terre et d'en avoir le retour, s'il en avait un …

Cela fait, il organisa son planning pour les trois mois prévus de sa présence sur la planète. Il devait d'abord retrouver un rythme de sommeil et de travail régulier, rythme qu'il avait perdu pendant son dernier sommeil. Il devait aussi planifier ses sorties.

Dès le départ le projet d'exploration avait ciblé prioritairement certains secteurs du satellite de Saturne paraissant déceler des ressources nouvelles ou qui posaient question au niveau de la nature du sol ou du relief.

Des travaux théoriques en biologie avaient été effectués sur la base des derniers engins qui s'y étaient posés.
Il devait donc vérifier leurs conclusions qui estimaient que dans les lacs de méthane de Titan pouvaient exister des analogies aux membranes des cellules vivantes terrestres.
Pour cela il était indispensable de confirmer la présence supposée de grandes quantités d'acrylonitrile. Les recherches faites par les radiotélescopes du Chili avaient établi que cette molécule devait exister dans l'atmosphère de Titan. Celle-ci qui a été identifiée avec d'autres sur la planète. Elle entre dans la composition de l'ADN et de l'ARN.

La possibilité de la présence de cette molécule avait fait émerger beaucoup de réflexions sur une possibilité de développer une forme de vie similaire à celle de la terre. La confirmation de sa présence permettrait d'envisager d'adapter une présence humaine sur la durée.

Installer une colonie autonome serait un gage de survie pour l'avenir de l'humanité et aussi une base de départ pour aller bien plus loin au-delà du système solaire.
Il devait donc ramener à sa base terrestre le maximum de renseignements afin de permettre de planifier les objectifs des prochaines missions.

8.

Il a atterri près du champ de dunes baptisé "Shangri-La". Son premier objectif est d'aller les voir de près et mesurer leur altitude qui a été évaluée à près de trois cents mètres.

Au niveau scientifique il doit mesurer la composition des matériaux de ces dunes ainsi que de tous les différents terrains géologiques qu'il pourra parcourir afin de déterminer comment la chimie a pu disposer des éléments-clés pour l'apparition de la vie dans un tel environnement.

Parcourir pas vraiment, il vaut mieux dire survoler. Comme le sol est gelé, c'est plus efficace d'utiliser son *Globule* qui en configuration "drone" lui permet de se déplacer à son aise sans s'épuiser physiquement ni subir les vents violents qui soufflent régulièrement.

Ses sorties extra véhiculaires se résument donc à des prélèvements personnels directs. En effet son appareil est capable de réaliser à la demande avec Nestor qui l'accompagne toujours, tous les tests ou sondages utiles. Mais rien, même Nestor, ne peut remplacer l'appréciation manuelle. Il peut ainsi manipuler sous toutes ses facettes les éléments qu'il souhaite étudier de plus près, les soupeser et sentir malgré des gants conçus pour le protéger du froid, la granulosité particulière de leurs surfaces.

C'est ainsi qu'il visite le cratère d'impact de Selk en faisant des prélèvements pour identifier s'il il y a eu anciennement de l'eau sous forme liquide et des éléments organiques qui auraient pu permettre l'apparition de la vie à la suite à cet impact.

En plusieurs allers-retours il va successivement aux deux pôles. Il a confirmation de ce qui avait été entrevu jusqu'alors. Le nombre de lacs de méthane près du pôle Sud de Titan est nettement plus petit que le nombre à proximité du pôle Nord.

Le temps passe vite et avant son départ, il ne lui reste bientôt plus que l'exploration de la chaîne de montagnes qui s'étire sur 150 kilomètres en longueur pour trente de large. L'estimation de la hauteur à 1500 mètres n'a pas été modifiée depuis sa découverte par la sonde Cassini. Sa composition pose question aux chercheurs terrestres. Igor a réservé son étude pour le dernier mois de son séjour.

Cette chaîne est située dans l'hémisphère Sud. Il faut vérifier l'hypothèse selon laquelle elle serait composée d'un matériau recouvert d'une glace de méthane. Des mouvements tectoniques comme des déplacements de plaques auraient été provoqués à la suite d'un impact de météorite. En effet une zone d'impact particulièrement importante de forme spéciale se trouve toute proche.

Il commence par la partie basse du relief. Cette partie est composée de collines et parcourue de vallées et de gouffres pour certains semblants assez profonds.

En progressant vers les sommets, le relief se durcit sans toutefois prendre la forme d'arête comme les montagnes terrestres. Le climat qui alterne entre vents et pluie de méthane doit en polir les formes. Igor atteint donc successivement les divers sommets qui n'ont que peu de différence de niveau et s'enchaînent par des successions de crêtes en pente douce.

Reste le secteur de l'impact qui pourrait en être à l'origine. Il n'y en a pas beaucoup sur Titan, et celui-ci présente des caractéristiques particulières.

Arrivé presque au terme de son séjour, c'est le dernier grand parcours qu'il a programmé. La fatigue commence à se faire sentir. Le bilan corporel qui est évalué tous les jours, fait état de paramètres vitaux stables, mais ses aptitudes physiques diminuent comme sa masse corporelle et ce malgré les périodes d'entraînement quotidiennes et une alimentation bien équilibrée quoique monotone.

Au niveau psychologique, malgré les séances de réalité virtuelle qui le ramène régulièrement dans le contexte terrestre, le manque de conversations ajouté au contexte d'enfermement permanent commence à peser lourd. Il attend donc avec de plus en plus d'impatience son départ pour replonger dans le sommeil qui, s'il n'est pas vraiment réparateur, permettra à son esprit de prendre du repos.

À nouveau dans son *Globule* le voilà reparti pour cette dernière exploration. Il est déjà venu à la limite des dunes qui avaient interpellé les chercheurs en voyant les photos de la sonde Cassini. Il a aperçu son objectif à de multiples reprises mais il en est toujours resté assez éloigné occupé à d'autres observations.

Cette fois, il met le cap directement sur ce qui a l'apparence d'un cratère d'impact ordinaire comme tous ceux que l'on trouve sur les planètes ou satellites ayant fait l'objet de bombardement de météorites depuis l'origine de la galaxie.

Sur Titan ils sont assez peu nombreux, et celui-ci, s'il a une forme générale identique à tous ceux que l'on a pu observer dans notre univers proche, possède des particularités en son centre. Vu de loin il semble qu'un autre cratère, volcanique celui-là, s'y est formé.

— L'impact qui a généré le déplacement des plaques tectoniques aurait-il provoqué une fissuration profonde déclenchant une éruption ? se demande Igor.

Se rapprochant, il découvre que le fond est principalement composé d'un sol plat avec en son centre un petit cirque rocheux. Au milieu de celui-ci se trouve quelque chose d'indéfinissable. C'est un volume de couleur grisâtre sans forme régulière dont de loin on ne distingue pas ce qui peut se trouver à l'intérieur.

Igor manoeuvre pour avancer son engin au plus près mais il lui faut aussi garder une distance de sécurité dans le cas où la zone s'avérerait dangereuse.

9.

Il s'immobilise au niveau de la forme qui reste étrangement toujours aussi floue. De l'intérieur de son véhicule, il lui est difficile d'en estimer la taille. Laissant Nestor aux commandes du *Globule*, il en sort donc pour s'approcher.

Comme partout où il a posé les pieds, il fait attention à l'état du sol. Cette fois-ci, il est moins glissant et sa structure s'apparente plus à des billes de verre contrairement aux blocs de glace sur lesquels il a toujours marché jusqu'alors.

Il s'avance vers le cirque rocheux où se situe l'objet de sa curiosité, et réalise que c'est un tourbillon qui s'élève du sol. Il a une forme de poire dont la base se trouve à environ cinquante centimètres du sol. Sa hauteur varie, elle s'allonge et diminue de façon irrégulière. Igor ne peut déterminer ce qui compose ce vortex. Ce n'est pas de la poussière comme on peut en voir sur la Terre, à cause de la nature du sol et aussi de la température négative. Paradoxalement, il n'y a pas de vent sur l'ensemble du secteur, seul est concerné le cirque rocheux.

En plus dans ce tourbillon, semblable à une flamme de bougie danse une forme étirée. Sa couleur varie passant par toutes les nuances de l'arc-en-ciel terrestre ce qui tranche de manière étrange par rapport à la couleur jaunâtre et sombre de l'atmosphère de Titan.

Igor se sent attiré, inexorablement fasciné par les variations de couleurs. Soudain un flash venant on ne sait d'où pétrifie l'explorateur qui se sent comme emporté perdant toute notion de temps et de lieu. Il reste ainsi un très long moment dans un état agréable de béatitude avant de perdre connaissance…

Sans savoir comment il a pu y revenir, il a repris conscience dans le module de vie. C'est certainement Nestor qui l'y a ramené. Cela ne l'inquiète pas, il n'en demande même rien à son acolyte. Il n'est plus vraiment le même. Il sort d'un état semblable à tous ceux qui ont vécu une EMI (expérience de mort imminente) et qui racontent leur rencontre avec des entités spirituelles ou des proches décédés.

Comme eux, il se retrouve dans un état de sérénité par rapport à la mort et l'impression d'avoir tout compris des mystères de ce monde même s'ils ont tout oublié.

Cet état Igor le ressent. Il vient de vivre une expérience extraordinaire et par contre, lui, n'a rien oublié, **il sait !...**

Lui, le premier homme à venir dans ces confins du système solaire vient de recevoir une mission capitale. Il doit informer sa planète d'un avenir sombre à la conclusion presque irrémédiable.

Dans quel état la retrouvera-t-il ?

Ne sera-t-il pas trop tard ?

Aura-t-il plus de chances que Cassandre, sera-t-il entendu ? …

10.

Il décida de quitter Titan immédiatement alors que le planning prévu lui laissait encore une dizaine de jours.

La reprogrammation fut rapide. Avec l'aide de Nestor la préparation au décollage ne prit que quelques heures. Quittant une dernière fois sa "maison" sur Titan, il laissa Nestor contrôler la remontée vers le module qui l'attendait en orbite depuis presque trois mois.

Quelques heures plus tard, le *Globule* s'arrimait et permettait à Igor et Nestor de réintégrer le véhicule du voyage au long cours. La mise en marche se passa sans problème, et l'ensemble commença sa sortie de l'orbite de Titan pour plonger à nouveau dans le vide sidéral.

Par réflexe professionnel, il envoya un message vers la terre indiquant brièvement qu'il devait impérativement abréger son séjour, car il avait des informations très importantes à transmettre et qu'il devrait rencontrer les plus hauts responsables planétaires dès son arrivée.

N'ayant plus de nouvelles de sa base depuis très longtemps, il ne se faisait pas trop d'illusions sur sa réaction. Il devait s'être passé sur Terre quelque chose de pas ordinaire. Heureusement il avait une autonomie complète pour assurer son retour sur Mars d'abord puis se poser où il le penserait possible sur sa planète.

En s'installant dans son couchage pour entamer sa première période de sommeil, il se demanda dans quel état il se réveillerait car il sentait que son organisme commençait de subir les effets des conditions de vie de ces dernières années…

Comme à l'aller, il alterna ses onze mois de sommeil suivis du mois de remise en condition. Mais les réveils se faisaient de plus en plus difficiles. Il reprenait momentanément des forces, mais il commençait à être en déficit de masse graisseuse et musculaire chose normale à cause de l'impact des radiations qui malgré l'isolation des parois et des combinaisons spatiales avaient usé son organisme.

Au niveau moral, il restait toujours sous le coup de ce qu'il avait vécu sur Titan. À chaque mise en sommeil, il se disait qu'il l'aurait oublié à son prochain réveil, mais au contraire, l'importance de ce qu'il avait à transmettre lui revenait de manière toujours lancinante.

Il en allait de l'avenir de la planète dans ce qu'il avait à lui dire …

11.

2088

C'est dans les environs de Mars qu'Igor fut tiré pour la dernière fois de son sommeil artificiel. Ce réveil fut encore plus laborieux que les précédents.

Heureusement Nestor était toujours là présent pour l'aider dans ses premiers mouvements et lui permettre de prendre conscience de là où il se trouvait.

Comme à chaque fois celui-ci lui fit un rapport sur ce qui s'était passé au cours des derniers mois. Ils avaient évité une météorite et entrevu une comète qui se dirigeait vers le soleil, mais aucun signal n'était parvenu de Mars où, comme prévu, ils devaient faire étape. Rien non plus de la part de la Terre. Il se dit qu'il en saurait davantage quand il aurait remis les pieds sur la planète rouge.

Il devait y abandonner son transporteur qui arrivait en bout de course. Il était prévu de le laisser en orbite pour être révisé par les équipes martiennes en vue d'un prochain vol.

Son *Globule* avait assez d'énergie pour le ramener sur terre sans avoir à se poser sur Mars. Mais il était moins puissant et le trajet durerait plus du double qu'un trajet habituel. Il avait donc été envisagé de réserver cette possibilité qu'en cas de problème majeur.

La procédure prévue était de rejoindre la colonie sur le sol martien pour amarrer le *Globule* à un moteur classique des engins de l'exploitation qui avaient assez de puissance pour le ramener plus rapidement sur sa planète.

Même s'il n'avait pas eu de contact avec la base de Mars, il décida de respecter le plan d'origine. Il aurait de ce fait une réponse à la raison de son silence et par là aussi celle de la Terre.

La programmation étant confirmée, il laissa Nestor s'occuper du contrôle des opérations. Il s'intéressa par contre à ce qu'il pouvait apercevoir de la planète au fur et à mesure de la descente.

Comme il y avait fait auparavant plusieurs séjours il était familier du contexte de Mars. Il essaya de repérer les agitations habituelles de l'exploitation minière.

De manière normale les robots foreurs ne peuvent pas se voir comme ils sont en profondeur, mais en surface le ballet des chargeurs sur les secteurs d'envoi vers la terre devrait être toujours en activité. Mais partout où se posa son regard Igor ne vit aucun mouvement.

Une fois posé et après avoir revêtu le scaphandre spécifique pour Mars, il lança son *Globule* pour une exploration approfondie de la base. De son côté Nestor était chargé de vérifier l'état du moteur qui devait les propulser hors de l'attraction de la planète.

À bord de son engin, Igor survola les infrastructures de la base. Il y en avait d'autres secondaires en plusieurs endroits de Mars, mais c'était la base "mère" la première et la plus importante.

Elle était le centre opérationnel de l'organisation du CAEM d'Elon Musk sur l'astre. Chaque fois qu'Igor y était venu, il avait été frappé par le fourmillement permanent qui s'y passait. Comme tout était robotisé, il n'y avait pas de notion de jour ou de nuit. Seuls les humains avaient un rythme différent, mais ils n'étaient en surface que rarement. Car s'il fait moitié moins froid que sur Titan la température y est quand même très basse et l'atmosphère qui ne bloque pas le rayonnement solaire limite la possibilité de rester longtemps à la surface.

Mais il ne vit rien en fonctionnement. En se posant près d'un centre de production il constata que tous les robots étaient désactivés et rangés dans l'espace de maintenance. Tout avait été laissé en état de marche, mais mis à l'arrêt total.

Il pénétra dans la zone où se trouvaient la salle de contrôle et les locaux de vie humaine, tout était vide, mais rien ne permettait de penser à un départ précipité. Si Mars avait été abandonné s'était de façon délibérée et organisée de façon à pouvoir redémarrer très vite. Même si s'était de façon provisoire il ne savait pas pourquoi. Il devrait bien trouver une trace de cette décision dans les mémoires de la base.

Il s'attaqua donc à raviver les ordinateurs. Ce qu'il trouva ne le rassura pas du tout. Les dernières consignes de la terre consistaient en un message laconique :

"Le patron est décédé, la situation devient compliquée. Mise en sommeil immédiate de

Ce fut un choc pour Igor. Elon son mentor est mort ! Il comprend que sans son patron l'ensemble de l'entreprise est certainement fragilisée et doit faire l'objet d'attaques de groupes concurrents.

Il faut donc qu'il parte au plus vite pour voir la réalité de ce qui se passe sur sa planète.

12.

Aidé de Nestor, le départ de la planète rouge fut assez rapide. Le matériel réservé pour son retour avait été bien entretenu et ils n'eurent aucun souci pour rejoindre le module qui les attendait en orbite.

Durant les trois mois du voyage, Igor resta réveillé même s'il sentait une fatigue générale l'envahir. Ce n'était pas seulement le physique, son moral en avait aussi pris un coup à la suite de l'annonce de la perte de celui qui avait été son modèle depuis qu'il était petit. Il se posait la question de ce qui allait advenir du CAEM maintenant qu'Elon n'était plus là, et du coup de ce qu'il allait faire dans les années à venir avec ce qu'il avait appris sur Titan.

En attendant, et en ayant une mission à remplir, il devait à tout prix arriver à reprendre contact avec la base du Texas. Il lui fallait savoir si les installations étaient opérationnelles ou en pause comme sur Mars. Son *Globule* était capable de se poser n'importe où à son choix comme un hélicoptère même s'il n'y avait pas d'installation spécifique.

Il souhaitait avant tout arriver en priorité sur une zone gérée par le CAEM, car il avait à faire un débriefing sur son expérience et être assisté par une équipe spécialisée pour se réadapter aux conditions de vie terrestre et notamment retrouver les sensations perdues de la pesanteur.

De son côté il avait besoin de savoir tout ce qui s'était passé durant son absence et notamment ce qui avait motivé la coupure des communications et la mise en arrêt de l'activité sur Mars.

Cela fait il se mettrait en quête du moyen de faire part du message dont il était porteur.

Serait-il encore temps d'arrêter le compte à rebours annoncé ?

13.

Par le hublot, Igor revoit bien le bleu caractéristique des océans qui fait de la Terre une planète unique dans le système solaire, mais brusquement il est interpellé par la couleur des continents qui défilent sous ses yeux.

En effet la couleur ocre qu'il était habitué à voir principalement sur les terres du nord de l'Afrique ou de l'Arabie, s'étend sur pratiquement sur toutes les terres émergées. Il remarque que, sur les chaines de montagne, à la place des sommets enneigés ne s'entrevoient que quelques points verts et quelques bandes de couleurs similaires sur l'extrême nord du Groenland et du Spizberg en bordure du cercle polaire.

Son orbite ne lui laissant pas bien entrevoir l'hémisphère sud, il manoeuvre son engin pour voir s'il y a une similitude avec son opposé.

Comme il l'a pressenti, le sud de la planète est aussi dominé par la couleur ocre. Le continent Antartique lui-même n'est plus recouvert de glace et n'a plus du tout les contours qu'il avait pu voir lors de ses voyages dans l'espace.

Sans sa calotte de glace, il découvre un continent paraissant coupé en deux parties très différentes et déchiquetées. Seuls sont teintés de vert les sommets du reste de la péninsule Antartique et ceux du massif du mont Vinson suivi par la chaine des Monts Transantarctiques. Cette chaine est devenue la bordure d'un bras de mer qui partage maintenant le continent en deux. Une grande partie se trouvant du côté de l'Atlantique et une plus petite, vers le Pacifique.

Igor comprend vite. La Terre s'est réchauffée de façon incroyable. Les conditions climatiques étaient déjà très compliquées au moment de son départ, certainement une accélération brutale du réchauffement a dû se produire. Que s'était-il donc passé pendant les quinze années de son absence ?

Il décide de voir d'abord dans quel état se trouve le pays d'où il est parti, pour comprendre comment la vie a pu s'organiser sur une planète devenue pratiquement aride.

Passant sur une orbite basse, il donne comme consigne à Nestor de programmer le passage sur l'ensemble des continents, car il veut se consacrer à l'observation et comparer ses cartes avec la réalité qui défile sous ses yeux.

C'est ainsi que pour l'Amérique du Sud il voit qu'un bras de mer remonte maintenant au nord depuis ce qui était Buenos Aires jusqu'à Asuncion, et qu'une grande partie de ce qui était le bassin de l'Amazone est noyée.

Sur le golfe du Mexique, une grande partie du Yucatan a disparu ainsi que toute la Floride. Les eaux ont également noyé Houston et la base texane ainsi qu'une grande partie de la vallée du Missisipi. Toute la côte Est est aussi submergée y compris New York et Boston.

Repassant par le pôle Nord, il passe au-dessus de la Sibérie dont les côtes sont entaillées par des sortes de fiords.

Il constate qu'un golfe s'est créé entre la Corée et le Sud vers la chine, là où devrait se trouver Shanghai. Cette nouvelle mer s'étend à l'Ouest recouvrant les terres chinoises y compris Pékin. Toute la plus grande partie de la zone économique du pays est sous les eaux.

Il évite la zone Inde Pakistan qui est certainement sous un cyclone à la vue du tourbillon nuageux qui se développe jusqu'à la péninsule Arabique.

Il continue vers le Sud, l'Australie elle aussi est bien transformée. Au Nord les rivages sont modifiés, et dans le centre une nouvelle mer intérieure occupe une grande surface avec un débouché à l'Ouest d'Adelaïde.

Changeant de trajectoire il arrive au-dessus du continent Africain qui à première vue a moins été touché par l'évolution du niveau des océans. Seule sa partie Ouest a été impactée, une grande partie du Sénégal n'est plus visible. Ses côtes, qui auparavant formaient une pointe avec Dakar à son extrémité, forment au contraire un golfe qui s'insère vers l'intérieur des terres.

L'Afrique du Nord a aussi bien changé. Une mer intérieure s'est formée dans le sud Tunisien tandis qu'une sorte d'île s'est créé séparant la partie nord de la Lybie par la pénétration de la mer dans les terres jusqu'au niveau de l'Egypte où Alexandrie et Le Caire sont aussi submergés.

Igor commence à avoir une idée du chamboulement que tout ça a dû provoquer dans la population mondiale en plus de la désertification de la planète. Mais il lui reste à voir comment son pays et ses voisins ont aussi été impactés. Il finit donc par arriver sur l'Europe.

Là aussi il y a de grandes modifications. Le bloc Norvège Suède Finlande semble être devenu une île tellement est fin le morceau de terre déchiquetée qui le relie à la Russie. St Petersburg est sous les eaux, et la mer baltique à englouti toute la partie nord de l'Allemagne. Il ne reste que quelques îlots de ce qu'étaient le Danemark et les Pays-Bas et peu de terres pour la Belgique. L'Angleterre a également perdu un tiers de son sol côté Est.

Pour ce qui est de la France, elle n'a plus du tout l'apparence qu'elle avait au départ d'Igor. En allant des côtes du Nord vers la Bretagne, il remarque qu'à part les falaises, les terres sont envahies assez profondément à l'intérieur du pays. La partie Nord du Cotentin est séparée de la Normandie et le Mont St Michel est redevenu une île bien loin des nouveaux rivages.

Ce qui est le plus impressionnant, c'est la côte Atlantique. La Bretagne est presque devenue une île raccordée à la Normandie par un mince cordon de terre. La vallée de la Loire est devenue une mer intérieure se déployant sur l'ancien Limousin.

Ensuite descendant vers l'Espagne, la mer a gagné près de 150 kilomètres dans les terres, noyant la vallée de la Garonne jusque vers Toulouse. Bordeaux est effacé ainsi que les landes jusqu'aux contreforts des Pyrénnées.

Pour ce qui est de la Méditerrranée, là aussi une large bande de terre partant des corbières jusqu'aux calanques de Marseille a été mangée par les eaux. Elle remonte même au nord du delta du Rhône jusqu'au niveau d'Avignon.

Igor en assez vu. La base du Texas est sous les eaux il n'est donc pas question d'envisager de se poser aux Etats-Unis. Il préfère revenir vers celle qu'Elon avait installée et où le destin l'avait fait trouver bébé : la base de Francazals à côté de Toulouse.

Ce faisant, il bénit la vision d'Elon qui avait insisté pour que son appareil puisse être utilisable autant dans l'espace que dans l'atmosphère terrestre. Comme un appareil supersonique, il peut à sa guise se déplacer vers le point de la planète qu'il souhaite. Dans le contexte où il arrive, c'est un formidable atout.

Dès qu'il se met en mode avion et en arrivant dans les 15 000 mètres d'altitude, sans trop d'illusions sur les résultats, il se met à l'écoute de toutes les bandes radio utilisées dans les communications de l'aviation internationale. Effectivement ce ne sont que des grésillements qui répondent sur toutes les fréquences. Il continue donc sa descente vers le sud de la France recherchant toute trace d'activité humaine.

Les infrastructures de communication paraissent en place mais peu de signes de circulation Les habitations semblent plus ou moins dégradées. Sont-elles abandonnées ? Passant en rase-mottes, il distingue des traces d'activités qui semblent se dérouler en sous-sol. Igor croit retrouver les conditions de vie qu'il a connues sur Mars.

Peut-être qu'à cause de l'élévation des températures les activités se sont enterrées pour assurer la survie ? Il doit s'en assurer et essayer de retrouver la nouvelle civilisation qui s'est certainement créée. En arrivant au-dessus de Toulouse avant de se poser, il consulte le niveau de température extérieure.

49°5 indique son cadran. N'ayant pas de repère horaire, il estime à la position du soleil qu'il est dans les premières heures du jour. Jusqu'où va donc monter le thermomètre dans la journée se demande-t-il ?

La base où il veut se poser lui apparaît. Elle ne correspond plus à celle qu'il a connue. Outre le fait qu'il n'y a pas de signe extérieur d'agitation, aucun appareil volant ou assimilé ne se trouve sur le tarmac dont le revêtement est complètement dégradé. Il est fissuré et parcouru de rigoles et ravinements dus à des précipitations importantes.

Heureusement que le *Globule* en mode drone peut se poser sans difficulté.

Son arrivée n'a soulevé aucune manifestation ou réaction humaine. Pourtant son engin a de quoi attirer l'attention et la curiosité.

— La base est-elle abandonnée ? Se demande Igor, ou alors son arrivée a fait fuir tout le monde à la vue d'un appareil inconnu ?

Il décide alors de sortir malgré une condition physique loin d'être au top. Retrouver la pesanteur terrestre ne va pas être de tout repos. Il met donc la combinaison qu'il avait pour Titan. Elle est conçue pour maintenir une température interne confortable malgré des conditions extrêmes, elle reste donc adaptée pour la chaleur extérieure.

Confiant la garde du Globule à Nestor avec comme consigne d'interdire à quiconque d'y toucher et en cas de besoin de décoller pour éviter toute intrusion.

C'est avec joie et appréhension qu'il pose enfin le pied sur sa terre natale.

14.

Sortant de la climatisation de son appareil, la chaleur de l'air le suffoqua. Son pas d'abord hésitant prit peu à peu un peu plus d'assurance. Une fois à l'écart de son engin, du regard, Igor fait le tour des installations qui sont autour de lui. Les bâtiments sont non seulement vides mais en état de ruine. Les vitres sont presque toutes brisées ou inexistantes. Sur les toitures, les tuiles sont cassées et les parties tôlées perforées.

Le ciel est d'un bleu ardent comme la chaleur qui se fait ressentir en ce début de journée, mais tout indique que des pluies intenses se sont déversées traversant les constructions et ravinant les sols.

— Les employés de ccttc base ont-ils déserté les lieux? Est-ce que c'est pareil partout se demande Igor ?

La démarche toujours chancelante, il s'avance alors vers les bâtiments. Une porte attire son attention. En effet, elle tranche par rapport aux autres ouvertures. Entièrement métallique elle semble neuve sans poignée et avec un genre de judas à sa partie centrale. Arrivé à moins d'un mètre, une voix synthétique lui parvient venant d'une ouverture qu'il n'avait pas remarquée au-dessus de la porte.

— Présentez-vous !

Surpris, Igor dans un premier temps bredouilla sans réfléchir.

— J'arrive de Titan !

— Je ne comprends pas, présentez-vous !

— Retour de la mission Gautier-Owen, j'ai un rapport à faire.

Un grésillement puis une voix humaine celle-là succéda à la première.

— Comment vous appelez-vous ?

— Igor Lintillac parti en 2044 pour Titan.

— Igor ? Ce n'est pas possible, c'est bien toi, tout le monde te croit mort ! Je suis content de pouvoir te revoir. Moi, c'est Loïs ton parrain qui t'a trouvé bébé dans la poubelle ! Tu te souviens de moi ?

J'espère que le voyage n'a pas effacé ta mémoire ? Ne bouge pas, je t'ouvre.

Loïs ! Igor se remémore le visage de l'homme à qui il doit la vie. Il ne l'a bien connu que quand il a commencé à fréquenter la nouvelle implantation d'Elon Musk en Europe. C'est là, pour la première fois, qu'il a rencontré son parrain. Ses parents lui avaient appris très tôt les conditions de sa découverte. Il ne doit plus être très jeune ! Pensa-t-il regardant la porte s'effacer dans le mur.

Une galerie obscure et en pente s'offre alors à ses yeux. Au bout d'une vingtaine de mètres une porte s'ouvre. Il voit sortir d'une cabine d'ascenseur un petit homme chauve aux corps rabougris et aux traits émaciés. Il a un peu de peine à le reconnaître. Loïs, lui aussi, examine l'arrivant de la tête aux pieds en marquant un temps d'arrêt.

— Tu as bien changé ! S'exclame-t-il en le serrant dans ses bras.

— Toi aussi parrain! Réponds Igor en riant. C'est l'âge qui nous a changés, tu dois bien avoir dans les soixante ans ?

— Soixante-cinq bien passés répondit-il. Toi si je ne me trompe tu es dans les quarante non ?

— Ça doit être ça, j'ai perdu la notion du temps. Je sais que cela fait 177 mois, soit 14 ans et 9 mois qui se sont écoulés depuis mon départ. On est bien en 2058 ?

— Oui.

— Alors je viens bien de passer la quarantaine. Ça se voit tant que cela ?

— Pour ne rien te cacher, j'ai eu du mal à te reconnaître, tu vas bien ?

— Pour être franc, je me sens assez fatigué. L'alternance des périodes de sommeil et de réveil m'a démoli et retrouver la pesanteur terrestre et une chaleur pareille n'aide pas … Que s'est-il passé depuis mon départ ?

— C'est toute une histoire, tu ne vas pas en croire tes oreilles. Viens on descend se poser dans un endroit plus confortable …

15.

Igor suit donc Loïs dans l'ascenseur. La porte s'ouvre au bout d'une longue descente sur une nouvelle galerie bien éclairée celle-là. De part et d'autre démarrent de nouveaux couloirs. En arrivant au troisième et bifurquant à droite, Loïs explique.

— Nous sommes à environ quarante mètres de profondeur. Ici la chaleur de surface ne nous atteint pas. Je vis avec une température de 22° à peu près constante. Tu vas pouvoir enlever ta combinaison pour être plus à l'aise, je vais te trouver des vêtements.

Il ouvre une porte et fait entrer Igor dans une salle qui lui rappelle son deux pièces d'étudiant. D'un côté un coin cuisine et repas, de l'autre une zone de détente avec un canapé et une table basse. Au mur un très grand écran occupe presque toute la place.

Dans son coin supérieur se décompte le temps. 10.08.45 est affiché. Regardant l'heure, il reprend.

— Dans moins d'une heure, il fera plus de 75° dehors. Hier on est monté à 78,12°. Enlève ta combi et détends-toi, je vais te trouver une tenue plus adaptée. Avant de sortir il allume l'écran qui se divise en une série d'écrans de surveillance. Sur l'un d'entre eux Igor aperçoit son *Globule*.

Il quitte donc sa tenue. Restant avec sa sous-combinaison il regarde un à un les écrans de contrôle. Ce qu'il voit est une source d'étonnement. A part la caméra extérieure qui surveille son Globule, toutes les autres contrôlent des salles aux fonctions différentes. Plusieurs surveillent des plantations, et deux autres une sorte de basse-cour où s'ébattent mélangés poules et lapins. Chaque catégorie possède latéralement des lieux de repos spécifiques. Toutes ces salles sont éclairées par des rampes lumineuses accompagnées de boitiers contenant des pales de ventilateurs.

— Climatisation où extraction se demanda-t-il ?

Loïs revint avec une tenue genre jogging dont la souplesse et la légèreté surprend Igor.

— C'est le tissu le plus adapté pour nos conditions climatiques. Il est léger et adapte la température interne en fonction du milieu où on se trouve. S'il fait chaud il climatise en évacuant le trop de chaleur corporelle. S'il fait froid, c'est l'inverse. Je devrais dire s'il faisait froid, car depuis des années on ne sait plus ce que ça veut dire ! …

— A ce sujet, il est temps que tu me racontes comment la Terre en est arrivée là. J'ai vu de l'espace que sa couleur a totalement changé et donc fait le tour de la planète avant d'atterrir pour savoir où me poser. Je ne sais pas si tu es bien informé, mais les mers ont noyé d'immenses surfaces sur tous les continents. Les cartes que j'avais à mon départ ne correspondent plus à rien…

— Bon, assieds-toi, je vais revenir à la période de ton départ …

16.

Je commence par l'évolution climatique. Tu te rappelles, quand tu es parti en 2044 nous vivions déjà des périodes de sècheresse très importantes. Les pays surpeuplés comme la Chine, l'Inde et beaucoup d'autres en Afrique connaissaient déjà des périodes de famine. Elles ne pouvaient être aidées par les autres pays qui arrivaient tout juste à nourrir leur population.

Durant les deux ans qui suivirent, la chaleur est devenue de plus en plus préoccupante. Il n'y avait plus de saisons. Plus d'hiver, plus de saisons intermédiaires, cela c'est traduit par de longues périodes chaudes sèches provoquant une évaporation importante. Algues et bactéries se développèrent dans les eaux chaudes des lacs, étangs et rivières tuant les poissons et polluant une ressource en eau de plus en plus rare. Cette évaporation a provoqué par contrecoup de violents orages tornades et inondations qui ont lavé les sols. Les terres abimées ont baissé leurs rendements. Aujourd'hui les cultures sont devenues quasiment impossibles car une plantation si elle a réussi à trouver assez d'humidité pour germer, est grillée dès qu'elle arrive à la surface. C'est pour cela que très vite on a développé les cultures vitales en sous-sol. Seules les terres polaires restent encore possiblement cultivables.

— Effectivement dit Igor, je n'ai vu de zones vertes qu'aux alentours des pôles et seulement sur les plus hauts sommets. Je suppose que là on a dû développer des cultures en terrasses s'il y reste autre chose que la roche.

— Oui, je pense. Avoir des informations sur ce qui se passe réellement sur tel ou tel point du monde est impossible, je t'en parlerai plus tard. Je reste sur le sujet de l'eau. La chaleur des fleuves et des rivières avant leur assèchement empêché la production hydro-électrique et a imposé l'arrêt complet des centrales nucléaires. La production d'électricité a été entièrement impactée alors que depuis les années 2025 c'est quasiment la seule énergie utilisée. C'était pour justement éviter le réchauffement climatique. Mais il était déjà trop tard.

Les éoliennes sont mises à mal par les tornades fréquentes et des vents extrêmement violents, de plus, avec les températures, les composants souffrent et tombent régulièrement en panne.

Comme humainement il est impossible de travailler de jour car il fait au minimum 70° il n'y a que la nuit où il ne fait "que 40°" pour y intervenir. Mais c'est un travail extrêmement pénible, il manque de personnel qualifié. Ce qui fait que petit à petit l'entretien s'est pratiquement cantonné qu'à quelques unités, en délaissant les champs d'éoliennes qui s'étaient multipliés un peu partout. C'est à peu près la même chose pour les panneaux solaires. Eux avec la chaleur prennent feu spontanément sans qu'on puisse anticiper où ça peut démarrer.

Pour arranger le tout, une importante éruption solaire s'est déroulée en 2048. Elle a eu un énorme impact sur l'ensemble des systèmes électroniques de la planète. Cela a détruit les composants internes des satellites et provoqué un blackout complet sur tous les réseaux informatiques.

En plus des satellites, tous les serveurs terrestres ont été très touchés. Les communications nationales et internationales ont été coupées immédiatement. Plus de radio et télévision. Le rétablissement a été difficile, mais il n'a jamais pu être remis en état de façon identique. C'est un autre volet dont je dois te parler qui l'a empêché.

— Je comprends maintenant le dernier message que j'ai reçu de la terre lors de mon voyage vers Titan, il me disait :

"Difficultés techniques sur le centre. La mission continue même si les communications sont coupées. Bonne chance!".

J'ai donc eu la chance grâce à l'endroit où j'étais à ce moment-là d'échapper à cette éruption solaire, sinon je ne sais pas où je serais aujourd'hui !

— Certainement, car ensuite et dès que cela a été possible tous les pays ont rapatrié les ouvriers de leurs bases spatiales. Elon a été le premier à fermer celle de Mars, les autres ont suivi le mouvement en abandonnant la Lune une fois qu'ils eurent rétabli au minimum les systèmes endommagés.

Mais cet évènement a eu des conséquences politiques immédiates. Tu ne le sais pas, mais après ton départ, l'Europe s'est à nouveau séparée en deux à cause des ambitions Russes. Ils ont annexé une grande part de l'Ukraine et l'ont coupée entièrement de l'accès à la Mer Noire.

Dans l'Occident et en Europe, on a beaucoup manifesté mais aucun Etat ne s'est directement impliqué autrement qu'en leur fournissant des armes, laissant le pauvre pays se défendre tout seul. Mais les sanctions économiques mises en place ont tout de même grandement affaibli les capacités de l'envahisseur. Les Etats-Unis frileux face à la Chine qui menaçait Taïwan n'ont pas voulu avoir à s'engager sur deux fronts.

Mais le plus important, c'est qu'en provoquant un problème technique planétaire cette éruption solaire a déclenché un déséquilibre mondial précisa Loïs dans un souffle.

17.

Reprenant sa respiration, il continue son récit.

— Pour les militaires ce fut une grande panique. Les forces armées très dépendantes des systèmes informatiques, n'avaient plus la capacité de contrôler les missiles, notamment les balistiques à têtes nucléaires. Ne restaient utilisables que les armes conventionnelles.

Étant privés des satellites les troupes se trouvèrent contraintes, pour communiquer, à revenir aux vieilles ondes radio, et les officiers ramenés à utiliser les vieilles cartes faute de GPS.

Du coup, la Chine ne craignant plus l'arsenal nucléaire Américain attaqua Taïwan. Délaissant les défenses terrestres placées sur la côte Ouest ses troupes débarquèrent simultanément sur la côte Est du Sud au Nord en trois secteurs: Taïtung, Changbin et Hualien.

La coupant en deux avec des sommets à plus de 3800m la chaine de montagne au centre de l'île est plus abrupte vers la côte Est. Si le débarquement a été assez facile, la traverser pour atteindre les points vitaux de l'île a été plus difficile.

Il leur a fallu plusieurs mois pour passer sur l'autre versant. Débordant à la fois aussi par le Nord et le Sud les vagues successives d'attaquants, appuyées par une aviation supérieure en nombre, finirent par contrôler le pays.

En même temps, comme la famine touchait sa population, le gouvernement Chinois incita tous ceux qui le pouvaient à passer la frontière Russe pour utiliser les grands espaces pratiquement vides de la Sibérie. La Russie empêtrée et affaiblie sur l'Ouest n'a pas eu les moyens de s'opposer à cette marée humaine. Il y eut bien quelques points de résistance mais très vite, la Sibérie Orientale fut occupée et organisée à la méthode chinoise.

Tu dois te demander comment le reste du monde a-t-il vécu tout ça ? Eh bien ça a été comme un signal d'action dans toutes les régions aux situations politiques instables ou conflictuelles. Je n'ai pas suivi tout ce qui s'est passé en Amérique ou en Afrique, car pour avoir des informations c'est devenu de plus en plus difficile. La plupart des moyens d'information ont disparu et pas seulement à cause de l'éruption solaire, je vais t'en parler tout à l'heure, car je n'ai pas fini la chronologie des évènements.

Heureusement qu'ici avec les installations de la base j'ai à ma disposition des moyens de communication restés en état de fonctionnement et grâce auxquels je reçois un grand nombre d'informations. Elles viennent des contacts que j'ai avec le CAEM qui a gardé en état ses installations un peu partout.

Ce que j'ai entendu c'est qu'à partir de 2050 d'importants mouvements de population se sont produits. Les populations ont été obligées de quitter les bords de mer devant une montée des eaux de plus en plus importante. Leur repli s'est fait sur les terres plus élevées en altitude, déclanchant des conflits entre les locaux et les nouveaux arrivants.

Il parait que plus de la moitié de la population mondiale a été obligée à se déplacer, car les bords de mer ont toujours été les plus peuplés. Cela s'est ajouté à une famine mondiale car la production agricole est devenue insuffisante à cause de la sécheresse. Le manque de nourriture et les conflits de territoire ont été la cause d'une mortalité importante sur tous les continents.

Il ne faut pas croire que les grands pays développés ont été épargnés, au contraire. Plus habituées aux facilités de déplacement et de communication les grandes agglomérations commencèrent elles à se vider pour fuir les chaleurs intenses et trouver de la nourriture. Tout s'est fait dans un désordre complet. Les gouvernements ont été vite débordés. Du coup des zones de taille variable se déclarèrent autonomes et n'acceptèrent plus de nouveaux arrivants pour préserver leurs moyens de survie.

Cette montée des eaux a encore évolué les années suivantes. Comme tu l'as vu, les pôles n'ont plus de glace. Je te détaille cette évolution de la façon que je l'ai suivie.

En Antartique, le "*doomsday glacier*", ou glacier de l'apocalypse a été le premier à donner le signal visible de la montée des eaux. Rien que lui en fondant a fait monter le niveau des océans de près de trois mètres.

La glace des montagnes a elle aussi fondu. J'ai appris que rien que l'ensemble des glaciers Himmalayens renfermaient la troisième quantité de glace au monde. Ils avaient été qualifiés de "troisième pôle".

En plus d'augmenter le niveau des mers, les grands glaciers de l'Himmalaya ou d'Amérique du Sud qui alimentaient en eau près de deux milliards de personnes n'ont plus fourni d'eau douce alors que leurs terres se noyaient.

En ce qui concerne la chaine Himmalayenne la fonte à provoqué l'écoulement violent des eaux qui sont descendues majoritairement du plateau du Tibet vers le Nord donc vers la Chine par le Fleuve Jaune et le Yansté. Inondant d'adord leurs vallées avant de les assécher.

Mais ce sont les bassins de l'Indus, du Gange et du Bramapoute au Sud qui furent les premiers impactés avec les conséquences dramatiques sur les populations, car, sur les bords de ces fleuves, se trouvaient de nombreuses zones agricoles qui assuraient l'alimentation de millions de personnes. Cela a été une catastrophe humanitaire inimaginable sans que l'on puisse y remédier. Par contre, je n'ai pas trop d'informations sur les autres glaciers de la planète qui ont aussi participé à la montée des eaux.

En France les glaciers avaient déjà fondu bien plus tôt en déclenchant là aussi des éboulements et des inondations catastrophiques. Je m'arrête sur toutes les modifications subies par la planète car les conséquences de l'élévation des températures continuent toujours.

Je ne t'ai donné qu'un aperçu rapide de l'impact sur l'ensemble de la population mondiale. On comptait un peu plus de 9 milliards d'âmes en 2052 à la date de la grande pandémie.

— Une pandémie ? Comme celle du Covid ? interrogea Igor.

— Pire ! Répondit Loïs. Je t'explique.

En réalité, il y a eu deux vagues différentes. Plusieurs signes avant-coureurs avaient alerté les scientifiques en constatant le dégel du permafrost sibérien. L'invasion chinoise de la partie orientale de la Russie a fait accélérer la transformation des sols pour l'usage agricole tant que ceux-ci n'étaient pas encore trop impactés par la sécheresse.

Cette mise en culture remuant la terre a fait émerger un certain nombre de virus conservés dans le sol par le gel. Infectant d'abord les troupeaux puis les hommes, le virus se propagea assez vite d'abord sur place puis contamina la Chine.

Ayant l'expérience de 2019 le gouvernement prit rapidement les devant confinant largement le pays. De fait le virus n'a pas eu la possibilité de dépasser ses frontières. En plus le vaccin correspondant fut assez vite réalisé le virus étant assez voisin du SARS-CoV-2. Il n'y a eu heureusement que peu de victimes.

Par contre la deuxième vague est venue de la partie occidentale du plateau tibétain avec le dégel des glaces à plus de 6000 mètres d'altitude. Un virus inconnu et très différent du premier est apparu touchant les yaks qui le transmirent à l'homme.

Cette fois, celui-là prit tout le monde de vitesse. Très contagieux et extrêmement virulent, il a envahi la zone asiatique de façon foudroyante faisant une hécatombe sur son passage. La vague est passée dans la foulée vers l'Ouest et a atteint l'Europe en moins de trois semaines et le côté Américain à peu près en même temps.

Contrairement au SARS, la recherche n'eut pas le temps de trouver un vaccin car malheureusement dans les laboratoires les chercheurs n'ayant pas compris le mode de contamination et ne sachant pas comment s'en protéger en furent les premières victimes.

Une personne approchant un malade à moins d'un mètre même avec toutes les protections possibles était contaminée. La mort arrivait sauf de rares cas de façon subite après quelques heures sans autre symptôme qu'une forte fièvre. Quand je parle de vague, c'est que pour une pandémie elle a duré moins de six mois et s'est éteinte sans qu'on ne sache pourquoi. Mais son passage a été extrêmement meurtrier.

Comme les moyens d'information n'étaient pas véritablement rétablis, tous les pays ne purent savoir ce qui se passait ailleurs. Le bilan quand il a pu être fait estime que les 2/3 de la population mondiale avaient disparu à la fin de l'événement.

A ce décompte il faut ajouter tous les décès provoqués par la chaleur. On sait que le corps humain ne supporte généralement pas dans la durée les températures constantes supérieures à 35° dans un contexte d'humidité importante. Il y a eu des périodes d'évaporation ou l'humidité de l'air a été maximale. La lourdeur oppressante et permanente a fait énormément de victimes et pas seulement chez les personnes âgées ou les nourrissons.

J'ai ainsi appris que quand le corps ne peut plus évacuer la chaleur s'il fait extrêmement humide à partir de 35° on parle de température mouillée. Au-delà la température corporelle ne peut plus être régulée et provoque une hyperthermie, un coup de chaleur. On va mourir de chaud en quelques heures que l'on soit ou non à l'ombre, même en bonne santé, et hydraté. C'est ce qui s'est passé pour beaucoup de gens.

Et je ne te parle que de ce que j'ai entendu globalement pour la France, ailleurs cela a dû être la même chose ou pire.

— Mais c'est d'un chaos complet sur l'ensemble de la planète dont tu me parles ! Avec tout ça, comment les populations rescapées peuvent vivre aujourd'hui ?

— Ce que tu veux savoir c'est comment après autant de catastrophes combien d'individus dont moi ont réussi à survivre ?

— Oui, c'est l'idée …

— Il y a plusieurs points de vue à observer, j'en vois au moins trois : les moyens matériels de la survie, la réorganisation sociale et la politique.

Je commence par le contexte politique car tu vas voir ça n'a plus rien à voir avec la vision que tu en avais à ton départ…

18.

Comme je l'ai évoqué tout à l'heure, suite au black-out déclenché par l'éruption solaire, le frêle équilibre politique mondial s'est complètement déstructuré.

La peur d'une guerre atomique avait disparu. Les vieux conflits non réglés ont resurgi sans pouvoir être arbitrés par les ex grandes puissances. Les contestations de frontières ou de territoires se sont transformées en guerres locales de manière "traditionnelle" utilisant les effectifs humains plus que la puissance de feu faute de renouvellement de munitions.

Sans pouvoir faire le tour des informations de la planète, j'ai appris qu'outre l'attaque faite par la Chine dont je t'ai déjà parlé, le Moyen-Orient s'est à nouveau embrasé incluant la Turquie accusée de couper le peu d'eau restante du Tigre et de l'Euphrate. Les Balkans ont aussi repris leurs querelles…. Je ne sais pas tout ce qui s'est passé du côté de l'Inde et de ses problèmes avec le Pakistan ou en Afrique, mais je crains que les guerres tribales ne s'y soient multipliées.

Tu vas être étonné, même l'Angleterre s'est vu se faire prendre les Malouines par l'Argentine sans avoir le temps de réagir ! Pour tous ces évènements, pas de possibilité de faire intervenir l'ONU lui aussi complètement désorganisé.

Tout ça c'était avant la grande pandémie. L'importance de la maladie sur les troupes a stoppé net les attaquants. Contaminés de part et d'autre ils sont tombés plus victimes du virus que des balles ennemies. Du coup, les rescapés se sont regroupés derrière leurs frontières.

Il a été estimé, sans être précis, que pour la France la pandémie et le changement climatique ont fait descendre la population aux alentours de 38 000 000 d'habitants soit l'effectif de 1944 après la guerre.

Dans tous les pays, les dirigeants rescapés ont été dépassés par la déstructuration de leur administration. Ils n'ont pu empêcher la mise en place de regroupements géographiques en autogestion. Il faut dire que les moyens de transport étaient aussi complètement désorganisés.

Pour les trains, la difficulté de production électrique ajoutée à l'impact de la chaleur sur les voies ferrées a fait arrêter les déplacements sur les grandes distances. En effet de nombreux déraillements ont été provoqués par la déformation des rails causée par la dilatation. Depuis il n'y a que des trains de nuit qui circulent et seulement sur un réseau très limité. L'entretien des voies et des machines reste compliqué par manque de coordination, de matériel et de personnel qualifié.

Pour les routes, l'ensemble du réseau goudronné est déformé et difficilement utilisable, parfois même les voies sont complètement obstruées ou effondrées.

Toutes les routes se sont modifiées dans un premier temps par la fonte du goudron puis ravinées par les violentes précipitations qui arrivent périodiquement. Les pluies voilà encore une chose dont je dois te parler.

Comme pour les trains, si les voitures, qui n'ont plus de moteurs thermiques depuis longtemps, réussissent à trouver assez d'électricité pour fonctionner, elles ne peuvent se déplacer que de nuit et encore elles souffrent énormément à cause de l'état des routes. Il n'y a plus de filière pour l'approvisionnement en pièces détachées et peut-être même plus de fabrication du tout.

Je ne te parle pas des avions de ligne, car ils sont abandonnés pour les mêmes raisons. Il manque des pilotes, des mécaniciens qualifiés. Les pistes tu les as vu sont impraticables et il n'y a plus de contrôle aérien. Tu as dû t'en rendre compte en faisant ton tour de la planète.

— Effectivement, et en plus les grands aéroports sont presque tous sous les eaux…répond Igor.

— Il ne reste plus que les véhicules-drones. Ce sont des engins développés un peu après ton départ qui peuvent encore se déplacer toujours de nuit sans autres contraintes que la possibilité de rechargement car leur autonomie est limitée. Ces engins restent peu nombreux, leur entretien est très onéreux et là aussi le manque de pièces de rechange et de personnel qualifié fait défaut.

Contrainte à se déplacer toujours de nuit à pied ou à vélo la population s'est regroupée pour se faciliter la vie. Les centres urbains se sont mis, en économie de première nécessité, laissant le champ libre à toutes les formes de débrouille. Profitant de la diminution de la population, les rescapés ont fait razzia sur les installations abandonnées, comme les commerces ainsi que les secteurs de production artisanaux ou industriels.

Comme les températures en surface sont invivables de jour comme de nuit en priorité ce sont les sous-sols qui ont été envahis de façon anarchique. Ces nouveaux regroupements ont rapidement engendré des conflits accentués par la situation tendue déjà avant la pandémie.

Je t'ai déjà parlé de l'augmentation des communautarismes. Cela s'est amplifié favorisé par les évènements et la disparition d'une autorité pour maintenir l'équilibre. De façon rapide une nouvelle forme d'organisation sociale s'est mise en place. Partageant des visions de la vie identiques les gens se sont regroupés dans des villages, villes ou quartiers entiers en établissant leurs règles propres.

Ces regroupements se sont réalisés d'abord sur des critères religieux ou ethniques. Puis ils se sont diversifiés de manière de plus en plus identitaire. À la manière dont s'étaient organisés les Etrusques avant d'être conquis par les Romains, ces regroupements ont établi entre eux un pacte sur la base du respect des autonomies et des bonnes relations de voisinage.

On compte aujourd'hui des groupements très particuliers rassemblants des individus avec une vision commune de la vie et la façon de la mener.

Tu as donc le choix de rejoindre beaucoup plus de groupements que ceux que je viens de te citer. On y trouve toutes les inclinations personnelles.

Par exemple il existe des groupements acceptant uniquement des gays, des lesbiennes des trans ou accueillant les deux. Il y a aussi des groupes, d'hétéros femmes et hommes confondus voulant rester célibataires. D'autres simplement libertins qui ne veulent pas d'enfants, ou ceux hétéros voulant des enfants etc…

— C'est une cour des miracles nationale qui s'est créée à ce que je comprends interrompit Igor.

— Et même internationale! Ajouta Loïs, car ce qui s'est fait en France s'est répandu en Europe et aussi aux Etats-Unis, je ne sais pas pour les autres.pays

En tout cas ce fonctionnement permet jusqu'à présent de vivre dans le calme. Une collaboration s'est développée dans l'objectif de subvenir aux besoins communs pour permettre la survie de tous sans notion de suprématie d'un groupe sur les autres.

— Ce que je me demande justement, c'est comment tous ces groupes arrivent à survivre dans un monde aussi chamboulé, reprend Igor. D'après ce que tu me dis, il n'y a pratiquement plus rien qui fonctionne, presque pas d'électricité, plus de transports, pas de moyens de communication, une terre aride et complètement brulée, une température qui fait vivre sous terre ou de nuit, ce n'est plus une vie !

— Effectivement ce n'est plus la vie que tu as connue, mais on arrive malgré tout à s'adapter à ce monde en espérant qu'il ne se dégrade pas davantage. On a utilisé certaines technologies anciennes ou récentes qui nous permettent tant bien que mal de survivre.

Je vais te faire voir de façon concrète comment moi je vis ici, tu comprendras mieux, tu n'es pas au bout de tes surprises.

19.

Loïs précède Igor dans un long couloir qui aboutit à une salle remplie de cadrans et d'écrans presque tous éteint.

— C'est l'ancienne salle de contrôle de la dernière période d'Elon indiqua-t-il. Je l'utilise pour garder le contact avec les anciens correspondants du CAEM et ainsi avoir des nouvelles de ce qui se passe un peu partout sur la planète.

— Pour cela tu as besoin d'énergie, comment tu te la procure ?

— C'est ce que je veux t'expliquer en t'amenant ici. Il y a eu depuis ton départ beaucoup de recherches pour arriver à une source permanente d'énergie électrique puisque tous les moteurs thermiques ont été bannis. En plus du nucléaire, des éoliennes et panneaux solaires, il fallait trouver des méthodes différentes moins sensibles au réchauffement climatique. C'est devenu indispensable à la suite de l'impossibilité de refroidir les centrales nucléaires par manque d'eau. Les barrages de même ont fini par se trouver à sec annulant toute la production hydroélectrique. Je t'ai déjà dit qu'à cela se sont ajoutés les problèmes des panneaux solaires et des éoliennes.

D'autres solutions ont été essayées comme la "centrale osmotique" qui utilise l'ionisation entre eau douce et eau salée. Elle a été réalisée en premier sur le delta du Rhone. Mais a été abandonnée à cause de l'élévation du niveau de la mer et la baisse progressive du débit du fleuve.

La géothermie reste le moyen le plus employé actuellement. Après un forage vers les 2000 mètres de profondeur, on trouve des températures de 100 à 200 degrés. Un circuit d'eau injecté en profondeur va récupérer la chaleur et permet de faire fonctionner les turbines à vapeur qui produisent l'électricité.

L'eau captée sous terre (car il en reste encore) est réinjectée en fin de cycle une fois refroidie, cela permet de conserver la ressource en eau. On reste hélas sur des installations réalisées avant les évènements, et pour elles aussi se pose le problème de la maintenance.

Enfin, il y a le dispositif MOST qui est le moyen qui te permet d'utiliser ton *Globule* sans se soucier de renouveler son énergie. Ce procédé qu'Elon a adapté à partir des recherches Suédoises et Chinoises n'a bizarrement pas soulevé à l'époque d'intérêt pour un usage courant sur Terre.

Les industriels qui avaient tout misé sur le photovoltaïque et l'éolien n'ont pas pris la mesure de l'importance de l'évolution climatique. Quand le constat a été fait des nouvelles contraintes, il était déjà trop tard pour réagir, la pandémie a stoppé en plus tous les projets en cours. Depuis, il n'y a pas eu de relance alors que c'est l'avenir …

Heureusement, quelques bases du consortium sur l'instigation d'Elon se sont équipées de cette source d'énergie. C'est le cas ici à Francazals et j'en suis le bénéficiaire!

— Bon, je comprends, l'énergie c'est bien, mais il faut se nourrir ! Comment se nourrit-on actuellement sur cette terre ? demande Igor

— Ce sujet a été de tout temps une préoccupation majeure et encore plus par les temps qui courent. La famine a sévi partout, mais paradoxalement les populations les plus touchées furent celles des pays développés. Habituées à une surabondance de produits venant de tous les coins du monde, ce sont celles qui ont le plus souffert dans un premier temps. Mais assez vite une production minimaliste et locale s'est organisée et perdure toujours. Le principe est simple, on mange moins et moins varié, mais on survit.

Il a fallu dire adieu aux grandes cultures. Les terres en surface ne peuvent plus être cultivées. Non seulement les sols dont desséchés, mais ils sont régulièrement ravinés par des pluies torrentielles les tempêtes de grêle ou les tornades. C'est ce que j'avais évoqué tout à l'heure. Ces évènements climatiques se déclenchent de façon de plus en plus fréquente avec des violences extrêmes. Donc après des efforts importants pour tenter tout de même de cultiver des céréales le peu qui avait réussi à pousser a été détruit par les éléments en furie. Suite à ces essais désastreux la culture en surface a été abandonnée sur la plus grande partie de la planète. Des conservatoires de semences ont été créés un peu partout en France et principalement en Norvège en espérant des jours meilleurs et aussi pour tester de nouvelles méthodes de culture en milieu souterrain.

On a pu conserver une partie de la production agricole en adaptant les anciennes cultures sous serres dans des sous-sols de profondeurs différentes en fonction des besoins de lumière ou de chaleur. Les plantes qui y sont cultivées sont principalement des légumes. Par exemple les tomates qui peuvent être aussi cultivées en pleine terre sur un niveau plus haut que les salades endives ou champignons.

Un autre procédé vieux de plusieurs siècles a également été repris très récemment pour l'adapter en certains endroits. C'est l'aquaponie. Cette méthode associe de façon étroite une culture de végétaux et un élevage de poissons.

Les racines baignent dans une eau qui passe en circuit fermé dans un élevage de poissons (principalement des truites). Leurs déjections servent comme matière fertilisante pour faire pousser des plantes cultivées. En échange l'eau débarrassée par les racines des substances azotées, retourne dans le bac à poisson. On peut ainsi cultiver tous les légumes qui poussent hors-sol. Cela permet que la gestion de l'eau se fasse avec très peu de déperdition. Et en plus cela donne une autre possibilité alimentaire avec les poissons…

Par contre, pour les arbres fruitiers, personne n'a encore vraiment réussi à les développer. Des essais ont été réalisés dans des genres d'orangeries avec des puits de lumière occultables, mais pour ce que j'en sais, il y a très peu de réussite.

Il faudra pour ça réussir à réintroduire des insectes pollinisateurs comme les abeilles qui n'ont survécu que dans les régions polaires où il reste encore un peu de végétation à la surface.

Quant à l'élevage, les animaux demandent de l'espace et de l'eau en quantité importante. Ce qui fait qu'ils ont pratiquement disparu sauf en Antartique où on a pu regrouper un certain nombre de races de vaches de chevaux ou moutons.

Dans nos régions, les seuls élevages possibles actuellement restent les volailles, les lapins et les porcs qui ne demandent que peu d'espace et dont la nourriture est assez facile à trouver dans le système de culture mis en place.

Tu vois, ce n'est plus la grande abondance, mais on arrive à survivre, d'autant qu'avec la chaleur on a tendance à moins manger et cela permet à chaque groupement de subvenir au minimum des besoins de sa population.

Certains se sont spécialisés sur des cultures spécifiques en fonction des espaces souterrains dont ils disposent. En effet suivant les régions il y a des surfaces souterraines variables qui permettent des exploitations différentes: galeries de métro, anciennes mines, catacombes, grottes. Cela amène à faire des échanges (du troc, car on n'utilise plus d'argent) entre groupes proches ou plus rarement pour des productions spécifiques avec d'autres plus éloignés mais avec des conditions et durées de transport compliquées.

Personnellement, je ne suis pas rattaché à un groupement. Étant gardien de la base je vis sur place et suis autonome en énergie et en nourriture. J'ai plusieurs niveaux de culture qui me permettent de rester sur place. J'ai en plus la chance de pouvoir communiquer avec le monde entier et être informé d'à peu près tout ce qui se fait et comment évolue la situation planétaire.

Justement à ce sujet j'ai eu des informations assez alarmantes sur quelque chose qui se passe dans l'espace… A propos, c'est le moment où je dois rentrer en contact avec l'observatoire Alma situé sur le plateau chilien dans l'Atacama.

Il a été remis en fonction récemment et permis de remarquer des changements dans notre galaxie. Il semble que ce soit assez inquiétant. Je dois avoir plus de précisions sur ce qui se passe.

Je vais y aller, mais auparavant je dois te remettre en mains propres une lettre qui m'a été confiée peu de temps après ton départ. Je te laisse le soin de découvrir de qui en l'auteur…

20.

Avant de s'éclipser, Loïs remet à Igor une enveloppe écornée et marquée par le temps.

Celui-ci s'assied sur un tabouret au coin d'une table avant de l'ouvrir. ***"Pour Igor à remettre lors de son retour"*** est noté d'une écriture manuscrite. Celle-ci ne lui dit rien. Déchirant l'enveloppe il en sort deux feuilles remplies d'une écriture serrée.

Lentement il déchiffre le texte qui lui est adressé. A la fin de sa lecture il s'affale sur la table le temps d'intégrer la nouvelle dont il vient de prendre connaissance. Il vient d'apprendre qu'il est le père d'un garçon qui doit avoir aujourd'hui dans les dix-neuf ans. Cet enfant est le fruit d'une relation qu'il a entretenue peu de temps avant son départ pour le Texas en 2039, quand il était revenu de Berlin pendant quelques semaines sur la base de Francazals. Françoise, la mère était ingénieure dans la conception des systèmes spatiaux à Toulouse.

Ils s'étaient connus à l'IPSA, puis leurs parcours les avaient séparés. Lors du bref retour d'Igor à Toulouse, qui précédait son départ pour la Starbase de Boca Chica lieu de sa formation spatiale, ils avaient eu des retrouvailles passionnées.

Françoise était sous le charme du futur voyageur de l'espace et elle ne calcula pas les conséquences possibles de cette relation éphémère. Quelques semaines après son départ, elle constata qu'elle était enceinte.

Elle était consciente qu'à cause de son engagement sur un aussi grand projet le père de son enfant n'avait aucune envie d'assumer une paternité. D'autant que c'était une mission dont il n'était pas sûr de revenir. Pour ne pas perturber, ses objectifs, elle décida de ne pas l'informer. Toute fière de porter l'enfant d'un futur héros, elle décida de le garder et d'en assumer seule l'éducation.

Afin de laisser une trace de cette décision, elle l'expliqua par écrit sa démarche pensant que ce pourrait être utile dans l'avenir autant à son fils que pour Igor s'il revenait un jour.

Igor se remémore cette période qui, pour intense qu'elle fut, avait été vite effacée de son esprit par la montée en puissance de sa préparation de cosmonaute.

— Comment Françoise a-t-elle traversé ces difficiles périodes successives ? Où peuvent-ils bien se trouver à l'heure actuelle ? Se demande Igor. Comment va-t-il réagir à leur rencontre ?

Cette situation inattendue le perturbe. Il ne se sent pas prêt à assumer une présence auprès de deux êtres qui lui sont pratiquement étrangers.

Brusquement il se sent vieux, hors du temps et de la vie qui s'est déroulée sans lui. Il se rend compte qu'aussi aventureuse et extraordinaire qu'elle soit, son existence est finalement vide de la richesse et de la chaleur des rapports humains. Il est devenu étranger à sa propre planète ! A-t-il vraiment un jour senti appartenir à la famille humaine ?

Par son obsession de devenir astronaute et de n'avoir d'autre centre d'intérêt que pour ce qui s'applique à l'espace, il n'a pas le sentiment de pouvoir partager autre chose que sa passion.

Cela ne va pas l'aider à transmettre ce qui lui a été révélé sur Titan. Comment va-t-il pouvoir faire évoluer l'avenir d'une humanité dont il sent qu'il ne fait pas véritablement partie ?

Il décide d'attendre le retour de Loïs pour obtenir des renseignements sur l'histoire de Françoise. Mieux informé, il pourra savoir comment se positionner par rapport à elle ainsi qu'à son fils. Il se demande en quel terme sa mère lui a lui parlé de lui, si elle l'a fait. Sinon, comment sera-t-il accueilli et accepté si celui-ci n'a jamais entendu parler du revenant qu'il est dans ce contexte chaotique ?

Livré à lui-même en attendant son hôte, il pianote sur les divers claviers de la salle de contrôle. Majoritairement ils lui sont familiers. Il ouvre les différents écrans qui établissent le contact avec de nombreux centres dans le monde.

Certains affichent des images figées de villes ou d'anciens lieux industriels dont on devine le délabrement, d'autres permettent de consulter des vidéos enregistrées. A leur vision, il intègre plus clairement la terrible réalité que Loïs a décrite. L'ensemble des paysages qu'il voit projetés, pour la France notamment, ne correspondent plus aux souvenirs qu'il en garde. Sur les images de la surface, aucune activité ne se manifeste à par quelques trains ou voitures-drone. Les quelques déplacements qu'il entrevoit sont ceux de robots (moins sophistiqués que son Nestor) qui effectuent des tâches de chargements ou de déchargements de matériel.

Les seules vues de l'activité humaine sont souterraines. Elles se déroulent dans les zones de culture évoquées par Loïs ou des sortes de centres commerciaux comme on en trouvait à son époque. Il constate suivant les lieux une certaine uniformité vestimentaire qu'il attribue aux groupements autonomes qui ont dû établir un code vestimentaire pour se démarquer des autres. Majoritairement les gens qu'il observe n'ont pas l'air d'être très heureux. Aucun signe apparent de joie de vivre dans leurs attitudes.

— On dirait des zombies, pense tout haut Igor.

Il n'avait pas entendu Loïs rentrer dans la pièce. Celui-ci lui répond à la question involontaire qu'il avait entendue en entrant.

— Tu n'as pas tout à fait tort ! La majorité de la population subit la situation sans grand espoir d'amélioration. Bien pire, ils sont certains que tout va continuer à se dégrader.

Il n'y a que quelques groupements qui ont une vision différente. Soit ils croient que c'est un châtiment de Dieu comme ce qui a été vécu par les Hébreux dans le désert et ils attendent l'avènement d'une nouvelle "terre promise", soit ne croyant en rien, ils profitent au maximum de la vie. Pour ces derniers, comme je te l'ai dit, il existe des groupements où tout est permis, alcool, drogue, sexe, et toutes les façons de se défoncer pour oublier les conditions de vie en faisant une fête permanente.

Entre ces deux visions, restent ceux qui ne veulent pas se positionner et qui comme tu l'as remarqué ne se posent pas de questions sur l'avenir et subissent les évènements.

— C'est vrai que si j'étais dans le contexte, en ayant vécu tous ces évènements, je ne sais quel groupement je rejoindrais. Mais mon expérience de Titan me permet de mieux comprendre la suite des évènements …

— Comment ça ? Demanda Loïs, qu'as-tu appris qui te fait dire ça ?

— Je pensais pouvoir faire une communication aux dirigeants de la planète, mais je me rends compte que c'est impossible. Avant toute chose, toi, comment te situes-tu dans ce monde ?

— Comme tu vois, je n'ai pas choisi de groupement, je vis seul ici, et j'en suis très satisfait. A mon âge, je n'ai plus beaucoup de besoins et la chance de pouvoir communiquer avec une grande partie des anciennes bases du réseau qui gérait l'espace. Je n'ai pas beaucoup d'années devant moi. Donc l'avenir de la planète ne me concerne plus trop tant que j'ai la possibilité de maintenir mon mode de vie. Et quand je ne serais plus capable de subvenir à une vie décente, j'ai en réserve de quoi partir en douceur …

— Je comprends ta façon de voir car si je suis plus jeune que toi, je sens qu'en réalité mon corps a bien vieilli. Depuis que j'ai repris le contact avec le sol terrestre, même en faisant des efforts, je n'ai plus l'impression de faire partie de ce monde que je ne reconnais plus. D'autre part je n'ai plus les perceptions physiques qui devraient correspondre à mon âge.

Ça ne se voit pas peut-être mais j'ai une sensation de lourdeur et de fatigue comme si j'avais quatre-vingts ans. Si mes organes internes sont au même niveau, je risque de quitter ce monde avant toi ! Cet état a été envisagé dans les études réalisées par les biologistes avant mon départ. Certaines disaient même que je vieillirais bien plus vite au point de ne pouvoir revenir.

Au fait, en parlant d'âge, tu étais au courant du contenu de la lettre que tu m'as donnée ?

— Je n'en connais pas le contenu, mais si je ne me trompe comme c'est une certaine Françoise qui me l'a confiée, j'ai une petite idée de ce qu'elle contient.

— Tu sais donc que j'ai un fils, et tu m'en n'as rien dit ?

— J'avais comme consigne de te transmettre en mains propres cette enveloppe dans le cas où tu reviendrais en vie, sans rien ajouter tant que tu ne demanderais pas de précisions complémentaires. Maintenant, je suis prêt à répondre à toutes tes questions dans la mesure où j'ai une réponse!

— Bien, je comprends. Comment se fait-il que ce soit toi qui as été choisi ? Françoise travaille toujours ici ? Comment je peux la rejoindre ? Et mon fils où est-il ?

— Doucement ! … ça fait beaucoup de questions à la fois, je vais commencer par le début.

Tu dois te souvenir de la relation que tu avais avec Françoise juste avant ton départ pour ton entraînement au Texas ?

— Effectivement je m'en souviens. Mais il a toujours clair entre nous que c'était une relation sans prise de tête, sans projet d'avenir et encore moins d'avoir un enfant ! Nous savions tous les deux ce que je risquais en m'engageant dans l'aventure et que toute sorte d'attachement nous ferait souffrir.

— Elle le savait aussi, mais quand elle a appris qu'elle était enceinte, tu étais déjà parti (sans donner de nouvelles d'ailleurs) et elle s'est confiée à moi sachant que j'étais ton parrain.

Je ne sais pas quels étaient tes sentiments pour elle. De son côté, j'ai vu qu'elle était très amoureuse même si elle savait que c'était un amour impossible. Elle a décidé de garder cet enfant qui devait lui permettre de garder une partie de toi.

Ce garçon à sa naissance ressemblait comme deux gouttes d'eau à celui que j'ai trouvé dans une poubelle vingt et un ans plus tôt. Et il est resté ton portrait tout craché à la grande joie de sa mère. Elle l'a élevé seule, lui et son travail étaient les deux priorités de sa vie.

— Et où sont-ils maintenant ? demanda encore Igor.

— J'allais y venir… D'abord, tu dois savoir le nom de ton fils, elle l'a appelé Léo en s'inspirant du nom en latin de la constellation du Lion, elle ne pouvait pas manquer le moyen de le rattacher à l'espace où son père poursuivait son voyage.

Comme toi il s'est révélé brillant et téméraire, mais il s'est plus porté sur la biologie et notamment sur la biodiversité végétale. Il a pu faire des études malgré les bouleversements qui sont survenus.

J'ai pu l'aider en lui permettant d'accéder aux bases de données dont je dispose, mais il n'a pas pu passer d'examens le bac notamment vu la désorganisation de la société pendant la pandémie. Réfugié chez moi, il a pu échapper à la contagion ce qui n'a pas été le cas de sa mère qui est morte alors qu'il avait 16 ans.

C'est avant de mourir qu'elle m'a fait parvenir la lettre. Je ne l'ai pas revue, car tous les contaminés étaient obligés de se regrouper dans des centres d'isolation. On se demande bien pourquoi car ils en n'avaient souvent ni le temps ni les moyens.

J'ai donc gardé Léo sous mon aile jusqu'à il y a à peu près six mois.

Il est parti au Rougier. Tu dois le savoir, ce lieu est toujours resté pour lui et sa mère un point qui les rattachait à toi. Tu es le père dont il n'a vu que quelques photos et un héros vanté par sa mère.

Il y est allé pour développer les semences qu'il a modifiées afin de les adapter aux nouvelles conditions climatiques. Je ne sais pas si ça marche car depuis son départ je n'ai pu avoir qu'un seul contact par le biais d'un drone qui revenait sur

Toulouse. Il disait que ça allait, même si ce n'était pas facile.

— J'ai le moyen d'aller le voir, mon *Globule* et Nestor sont là pour ça. Tu veux venir avec moi ?

— Pas pour le moment, j'attends des nouvelles de l'évolution de la situation dans l'espace, il semble qu'il y ait des choses bizarres qui s'y passent. Mais tu reviendras me chercher plus tard si tu veux. Je n'ai pas l'intention de bouger d'ici On va rester en contact radio "comme à l'ancienne !"

Je vais te dire sur quelle bande on pourra communiquer.

— On fait comme ça ! En attendant, je vais me reposer, car je tombe de fatigue, je partirais demain matin.

21.

De bonne heure, le lendemain, Igor décolle avec le *Globule*. Il a prévu de survoler la route que prenaient ses parents quand tout petit il venait à Francazals.

Partant vers le nord, il passe par Gaillac et Albi. Toujours aussi choqué par la transformation d'un paysage qu'il a du mal à reconnaître, de voir Albi avec le Tarn asséché lui fait mal au cœur. Il prend sur la gauche et continue en direction de Saint Afrique. Après Saint-Sernin-sur-Rance il bifurque vers La Boriette du Rougier, sa maison, où il espère retrouver son fils.

A son arrivée, il effectue un vol circulaire afin de voir comment les installations ont résisté aux changements climatiques.

La terre rouge de son enfance n'est plus parsemée de vert. Le jardin bien qu'aussi rouge que le reste semble avoir été remué comme pour préparer des cultures. Peut-être l'essai d'adaptation dont à parlé Loïs à propos des projets de Léo, pense Igor

À sa grande surprise la partie nord des bâtiments est entièrement recouverte de la terre rouge du secteur. Il comprend que pour isoler l'habitation qui avait été construite en appui dans un creusement de la colline il a été plus facile de recouvrir l'ensemble.

Ne pouvant utiliser l'ancienne plateforme qui permettait auparavant aux pièces de l'étage de communiquer avec l'extérieur, il pose son appareil sur la petite zone qui sert de parking devant l'entrée principale.

Sorti de son engin, Igor prend un grand bol d'air pour s'immerger dans ses souvenirs. Mais il ne retrouve pas la fraicheur parfumée de son enfance. Il n'est pas encore neuf heures et c'est un air chaud et sec qui envahit ses poumons.

— Décidément plus rien n'est comme avant même ici ! Soupire-t-il.

Avec déception, il s'avance donc vers l'entrée qui semble renforcée par une couche d'isolation extérieure. Comment s'annoncer ? Il n'y a pas de sonnette apparente. Il frappe donc à la porte la main à plat de façon répétée. Pas de réponse ! Après plusieurs tentatives Igor est convaincu qu'il n'y a personne. Où peut être son fils ? N'ayant vu aucune activité aux alentours des bâtiments, il décide de reprendre son appareil pour aller vers ce qui de son temps était une scierie non loin de là d'où il a vu s'échapper de la fumée.

— Il doit bien y avoir quelqu'un qui pourra m'informer sur ce qui se passe dans le coin dit Igor à Nestor. Dans le temps je venais parfois voir comment la scierie transformait les troncs en palettes.

Une fois posé, il s'avance vers les hangars en marchant sur une surface ravinée. Ceux-ci étonnamment sont dans un état plus présentable que tout ce qu'il a pu voir ces derniers temps. La fumée vient d'un angle du bâtiment principal. Malgré la chaleur déjà excessive, un homme alimente le brasier en copeaux. Pratiquement nu, avec un grand chapeau genre sombrero, il se retourne surpris de voir un homme en tenue de cosmonaute car Igor a gardé la combinaison isotherme qui l'a protégé dans l'espace. Il a seulement troqué son casque contre une casquette.

— Qui êtes-vous ? Et qu'est-ce que vous voulez ? demanda l'homme.

Il devait avoir un peu plus de soixante ans avec un visage ridé et barbu. Mais malgré son regard méfiant Igor reconnait Jo le chef d'atelier qu'il avait connu enfant et avec qui il s'était lié d'amitié.

— Salut Jo! Commença-t-il, tu ne reconnais pas le petit Igor de la Boriette ?

— Igor ! Tu es donc encore en vie ? Tout le monde te croit mort depuis longtemps, même Léo en est persuadé.

— Léo ! Tu le connais ? Justement je le cherche, je viens de la maison mais il n'y a personne !

— Tu as un sacré fiston ! Je le connais depuis des années quand il venait ici avec sa mère. Comme toi, il était toujours fourré par ici, les chiens ne font pas des chats ! Il est revenu il y a quelques mois pour réaliser de nouvelles façons de cultiver. Du coup il est venu ici se fournir en bois, enfin ce qui en reste, car les stocks sont quasiment vides.

— Du bois ! Pour quoi faire ?

— Pour étayer les galeries qu'il creuse dans la colline. Il a en effet décidé d'agrandir la zone de vie en s'enfonçant plus profondément sous terre car la couverture qui a été réalisée par sa mère est devenue insuffisante. C'est d'ailleurs ce qu'ont fait de nombreuses personnes dans le secteur. Mais le manque de bois va devenir problématique.

— Et il en est où de ses travaux aujourd'hui ? Peut-être qu'il ne m'a pas entendu s'il est au milieu de la colline ! Comment peut-on se signaler dans ce cas-là ?

— Pour se signaler, je ne sais pas. Ce que je sais par contre c'est qu'il n'est pas là actuellement. Il est parti pour Roquefort avec sa copine.

— Loïs ne m'a pas parlé de copine, c'est récent ?

— Effectivement, il l'a rencontrée il y a 3 mois alors qu'elle venait de Saint-Afrique. Elle voyageait de nuit, et s'est écroulée au petit matin sur la route victime d'un malaise.

Il se trouve que Léo était dehors en train de préparer le terrain de ses futures cultures. Tout d'abord il a été étonné de voir quelqu'un se déplacer sur la route. La voyant s'écrouler, il est venu immédiatement à son aide.

Hébergée chez lui, elle s'est remise rapidement mais charmée par Léo elle séjourna plus longtemps que prévu. Curieux de savoir pourquoi elle faisait une telle route seule dans des conditions si difficiles, elle finit par raconter à Léo son histoire.

Sylvie comme elle se prénomme est née un an après lui à Saint-Afrique. Elle a subi comme lui les évènements dramatiques qui ont fait disparaître ses parents dès le début de la pandémie. Restée seule, elle est alors placée sous la garde d'un oncle le seul parent qui lui reste.

Celui-ci fait partie d'un groupement qui croit qu'après la punition que Dieu fait subir à l'humanité, il faut revenir aux textes de départ de la Bible. Décimés par la pandémie, la Genèse donne aux rescapés les directives à appliquer en premier pour préparer l'avenir : *"Dieu leur dit: Soyez féconds, multipliez, remplissez la terre ..."*

Sur cette base, ils ont mis en place une véritable politique de natalité forcée. Sylvie ayant passé ses 18 ans s'est retrouvée enclenchée dans le processus. Elle a l'âge idéal pour entrevoir une série de grossesses et correspond donc parfaitement aux projets du groupement.

Tout cela évidemment a été décidé sans son consentement. Il lui a été imposé d'accepter les demandes de rapports sexuels de n'importe quel homme jeune ou vieux du groupement du moment que cette demande est officielle, l'objectif étant la fécondation la plus rapide.

A la première demande faite par un homme de près de soixante ans, elle décida de ruser.

Expliquant que c'était sa première fois et qu'il lui fallait un contexte rassurant, elle lui donna rendez-vous le soir dans une pièce de leur sous-sol d'où par un couloir elle était proche d'une sortie sur l'extérieur.

Elle demanda à l'individu sans méfiance et tout heureux de sa bonne fortune de se dévêtir et de l'attendre le temps qu'elle se prépare. Elle en profita pour s'échapper de ce piège et partit à toute vitesse dans une chaleur extérieure encore très élevée.

Elle ne partait pas au hasard. Des informations couraient sur l'organisation de groupements divers dont un qui était à Roquefort. De jeunes majeurs seuls ou en couple s'étaient affranchis de la coupe des adultes référents ou de leurs parents, pour ceux qui en avaient encore. Ils n'avaient d'autres objectifs que de renouer avec une nature qu'ils n'avaient pratiquement jamais connue, sans vouloir tenter de réutiliser les technologies dont ils constataient les dégâts.

La nouvelle société qu'ils voulaient refonder devait être totalement repensée. La gouvernance masculine ayant été un échec, ils ont décidé laisser l'organisation aux femmes "celles qui sont les maîtresses de la vie" pour permettre l'éclosion d'une société plus proche de ses besoins essentiels.

Les anciennes caves de Roquefort devinrent donc leur lieu de regroupement. C'est là que Sylvie voulait se rendre.

La distance entre les deux villes un peu plus de 6 kilomètres à vol d'oiseau n'étant pas très grande elle pensait y arriver avant la fin de la nuit. Mais dans sa précipitation elle s'est trompée de direction partant à l'opposé de son objectif.

Complètement stressée et n'ayant aucun moyen de comprendre son erreur, elle a poursuivi dans cette direction. Aux alentours de l'ancienne agglomération de Montlaur, la chaleur caniculaire du jour qui arrivait l'obligea à faire une halte pour passer la journée à l'abri. Ayant trouvé une cave pour s'abriter, elle s'y endormit sans chercher de quoi manger tant elle était épuisée.

La nuit suivante elle reprit son parcours sans savoir où elle allait aboutir essayant de trouver des traces d'eau et de nourriture. C'est donc à la fin de cette deuxième nuit que Léo la récupéra dans en état de déshydratation et le ventre creux. Il ne savait pas en lui venant en aide qu'un coup de foudre réciproque allait lui faire prolonger son séjour.

— Donc ils se sont installés ensemble ici ? demande Igor.

Comme s'il n'avait rien entendu, Jo continue son récit.

— Ils se sont bien trouvés ces deux-là ! Elle, qui aspire à une vie simple et retrouver une nature perdue, lui avec la passion de rétablir les cultures en extérieur, ça a collé de suite…

Ils sont venus me voir de temps en temps pour me parler de leur projet. Elle l'avait convaincu que rester là n'était pas une bonne chose, et qu'il était préférable de travailler à plusieurs comme voulait le faire le groupement de Roquefort où elle voulait aller au départ. Comprenant l'état d'esprit du groupe, il a trouvé l'idée géniale et ils ont décidé d'y aller. Cela fait plus de quinze jours qu'ils sont partis.

— Donc j'ai encore loupé la première rencontre avec mon fils ! S'exclama Igor. Il ne me reste plus qu'à aller à Saint-Afrique …

2.

Il rejoint Nestor dans son véhicule, et lui indique la direction à prendre.

La matinée est déjà bien avancée, la température étouffante qu'il ressent malgré sa tenue spéciale dépasse les cinquante-cinq degrés et même si le déplacement est court, il risque de ne trouver personne en surface.

— Comment pourra-t-il trouver l'entrée de leur lieu de vie ? Se demande Igor.

Il ne lui reste que de lointains souvenir de ce village pittoresque accroché à la falaise bordure du plateau calcaire du Combalou situé en contrefort du Larzac. Les bouleversements géologiques ont engendré sur juste deux kilomètres une grande fissure qui a donné naissance à des grottes et des failles.

Celles-ci utilisées depuis le moyen âge pour affiner les fromages ont été de plus en plus agrandies pour augmenter la production. Avec les évènements qui ont obligé les hommes à se réfugier sous terre, ces grottes étaient toutes indiquées comme refuge.

Ce que ne sait pas encore Igor, c'est que la petite population locale a été complètement décimée par la pandémie ce qui fait que le site n'a pas été immédiatement utilisé.

Fuyant leur groupement qui privilégiait le libéralisme sexuel un jeune couple est venu s'y installer en premier. Ne voulant pas renouveler les erreurs passées, ils n'ont accepté que ceux qui adhèrent à leurs idées. Dans ces conditions Léo et Sylvie avaient été accueillis chaleureusement.

Arrivant sur le secteur, le *Globule* fait tout d'abord un tour du plateau du Combalou pour voir l'état de sa surface. Le motif est de vérifier si les énormes pluies, qui ravagent la planète au dire de son parrain, ont pu créer des effondrements affectant les grottes sous-jacentes.

Le terrain lavé de toute terre arable se présente comme un lapiaz assez déchiqueté, mais sans effondrements spectaculaires. Seuls quelques pans de falaise se sont écroulés sur les ruines des habitations bloquant certainement un certain nombre des entrées des anciennes caves.

Ne pouvant se poser plus près, Igor choisit au plus proche un pré en bas du village, endroit qui dans ses souvenirs, est le plus proche de l'entrée de la cave du roquefort Coulet qu'il a visité étant petit.

Encore plus que ce qu'il a envisagé la température de ce milieu de journée est extrême. Une fois sorti, il se sent incroyablement faible et doit s'asseoir sur un des patins de son appareil. Sa respiration est oppressée et son cœur bat la chamade.

Même avec son équipement spécial, comment va-t-il arriver à grimper dans cet amas minéral qu'est devenu ce village ? Igor constate qu'il est en train de payer tout ce qu'il a fait subir à son organisme depuis des années. Fini la facilité de se déplacer de rochers en rochers comme un cabri et de partir à l'assaut des pentes les plus raides. Et tout ça juste au moment de faire la connaissance d'un fils qu'il n'a même pas vu en photo !

Il décide donc de rester à l'abri dans son module et de récupérer en attendant la nuit. Auparavant, il envoie Nestor faire un repérage pour trouver des traces d'activité ainsi qu'un éventuel accès à l'intérieur d'une cave. Il doit l'informer de ses recherches en utilisant la liaison permanente que Nestor a avec le module.

Une fois son compagnon d'aventure parti avec ces précisions, Igor sombre dans un lourd sommeil.

Suivant les demandes de son patron Nestor monte donc en direction de ce qui reste du village. Non seulement la majorité des constructions sont en ruine mais en s'effondrant elles ont obstrué les rues étroites du village.

Celles-ci étant en pente sont ravinées et présentent par endroits des barrages faits de blocs ou de ferrailles emmenés par de forts ruissellements. Avec une relative facilitée il découvre des traces de déblaiement qui se dirigent vers une lucarne étroite obstruée par une sorte de dalle de pierre lisse.

Pensant qu'il avait atteint l'objectif de sa mission, il contacte le module. Pas de réponse. Un être humain pourrait être décontenancé mais pas un robot de la classe de Nestor. Habitué au comportement de son patron, il a la capacité d'analyser et anticiper ses décisions.

Sans états d'âme il cherche une solution pour entrer. Il a dans sa structure des analyseurs thermiques qui lui permettent d'une certaine façon de scanner à distance les variations de température. Il s'en est servi plusieurs fois sur Titan pour différencier certains corps en évaluant la chaleur emmagasinée.

Avec la paume de la main il effleure la zone occultée. Une différence de densité sur un côté.fait arrêter son mouvement. Sans plus attendre il plaque la main et tente une poussée. Immédiatement comme une ouverture classique la pierre pivote ouvrant l'accès à un conduit rectiligne large d'environ un mètre cinquante et d'une hauteur un peu basse pour Nestor. Sans plus attendre, il s'insère dans l'ouverture et commence sa progression.

La galerie est obscure, mais le robot, doté d'une vision nocturne, ne s'en soucie pas. Elle débouche sur une salle ronde d'où partent plusieurs autres galeries. Une lueur blafarde se perçoit au bout de l'une d'elles. Elle attire immédiatement le robot.

La zone éclairée est une immense salle avec des arcades où sont alignés des bacs dans lesquels poussent diverses sortes de légumes. Sur l'un d'entre eux s'affaire un jeune homme.

Surpris il se relève étonné de voir un humanoïde dans ce qu'il considère comme un bunker inviolable.

— En plus de tout ça les extraterrestres nous envahissent ! Pense-t-il immédiatement.

Trop impressionné pour dire quoique se soit, il reste planté devant Nestor. Ce dernier lui aussi est troublé autant qu'il puisse l'être.

Le visage du jeune homme lui rappelle un homme qu'il connaît bien. Igor a beaucoup changé physiquement depuis qu'il lui a été présenté avant son départ pour l'espace et il semble le retrouver comme il l'a connu à cette époque. Prenant le premier la parole il se présente.

— Bonjour, On m'appelle Nestor je suis entré à la demande de mon patron pour trouver les humains qui vivent dans ces lieux. Je pense donc avoir réussi ma mission.

— Heu ! Et c'est qui ce patron ?

— Il s'appelle Igor, il est à la recherche de son fils. Vous lui ressemblez.

— Je ne connais pas mon père, il s'appelle bien Igor, mais il est parti depuis longtemps pour une mission sur Titan et n'en est pas revenu, on le considère comme mort …

— Son fils s'appelle Léo. Si ce n'est pas vous, quelqu'un ici répond à ce prénom ?

— Comme Léo ici, il n'y a que moi … Mon père est donc revenu ?

— Je dois donc vous confirmer qu'il est bien vivant. Il est resté dans le module qui est posé juste en dessous des ruines du village.

— Pourquoi il n'est-il pas venu avec vous ?

— Il est assez fatigué par ses années de voyages, et ses forces commencent à décliner. Mais je vais l'appeler.

Comme à la première tentative, Igor ne répond pas. Un peu décontenancé Nestor annonce qu'il n'a aucune réponse. Pour lui la situation devient particulière. Il n'a pas été programmé pour prendre des initiatives dans un pareil contexte. Léo le tire de son dilemme en affirmant :

— Je vais aller le voir ! Passez devant on y va …

Le parcours fut rapide. Arrivés devant l'engin Nestor ouvrit le sas précédé d'un Léo tout excité. Il trouva un vieil homme étendu sur une couchette qui respirait avec difficulté malgré une climatisation très poussée.

— On va le laisser là jusqu'à ce qu'il se réveille dit-il. Venez me retrouver quand ce sera le cas. En attendant, je vais consulter mes amis, nous allons trouver de quoi lui redonner des forces. Ils connaissent des plantes qui devraient aider…

23.

Igor finit par se réveiller à la tombée du jour. Complètement sonné, comme s'il sortait d'une cuite, il a mis un moment à réaliser où il était. Après avoir retrouvé ses esprits il n'a pu que constater que son état de santé devenait problématique. C'est avec l'aide Nestor qu'il est parvenu à rentrer à l'intérieur des installations du groupement.

La vue de Léo fut un grand choc émotionnel. Ils restèrent un long moment à se regarder avant que le fils vienne se jeter dans les bras de son père. Après une longue embrassade Igor maintenant son fils par les épaules lui dit en le regardant droit dans les yeux :

— Si j'avais su que j'avais un fils je ne serais pas parti …

— Pas sûr ! répondit Léo. Maman m'a toujours dit que la passion de l'espace était une obsession pour toi. C'est pour ça qu'elle n'a pas essayé de t'avertir au Texas. Elle était trop fière d'avoir un enfant de toi, son héros. Elle aurait été si heureuse de te voir revenir, malheureusement …

— Je sais, Loïs m'a raconté. Mais elle aurait été déçue de me voir dans l'état où je suis … Je me sens arriver au bout du rouleau, je n'aurais même pas beaucoup de temps pour connaître mon fils.

— Taratata ! Tu vas rester avec nous, on va te requinquer ! Nous avons des plantes qui font des miracles et surtout des spécialistes qui savent les utiliser. Viens je vais te présenter notre petite communauté …

Il prit son père par le bras et le fit entrer dans ce qui avait l'air d'une salle commune. Une dizaine de jeunes filles et garçons étaient en train bricoler ou lire. Il y avait tout autour le long des murs une imposante série d'étagères remplies de livres. S'approchant d'une grande fille brune, il fit les présentations.

— Je te présente Sylvie ma copine. C'est grâce à elle que je suis venu ici.

— Je suis content de voir le visage de celle dont j'ai appris les aventures qui l'ont amenée à la

Boriette et détourné mon fils de ses projets de culture, dit Igor avec un grand sourire.

Lui rendant son sourire, Sylvie sans se démonter répliqua :

— Je suis très honorée de rencontrer le héros de l'espace dont je n'ai pas entendu parler avant de rencontrer Léo ! …

Par contre, lui, je n'ai fait que le ramener à la réalité. Tout seul son projet n'aurait pas pu aboutir. Ici au contraire non seulement il n'est plus seul, mais il bénéficie de toutes les expériences des autres et des connaissances variées que l'on peut acquérir grâce à cette bibliothèque.

Igor est à la fois surpris et ravi de voir que la compagne de son fils ne manque pas de caractère. Après tout la philosophie de ce groupe n'est-il pas de confier sa gouvernance aux femmes ?

— J'espère que je ne vous ai pas offensé reprit Sylvie, c'est vrai que je ne connais pas grand-chose de ce qui a pu se passer avant les évènements. Je suis trop jeune, si Léo ne m'en avait pas parlé, je n'en saurais toujours rien ! Mais je suis très intéressée d'entendre le récit de votre aventure …

— Nous organiserons plus tard une séance spéciale pour ça ! Coupa d'une voix sèche une jeune femme approchant de la trentaine qui venait d'entrer. Il fait nuit, et le programme que nous avons prévu ne peut attendre ! Vous pouvez rester là monsieur pour vous reposer, nous, on a du travail à l'extérieur.

L'ensemble du groupe se dirigea vers une porte sans un mot. Mais avant de sortir, discrètement Léo indiqua à son père :

— C'est Béatrice, celle qui a la responsabilité du groupe pour ce mois-ci. Elle tient à ce que les décisions qui ont été prises soient respectées à la lettre. On va récupérer des pierres dans les ruines du village pour consolider une paroi … Repose-toi à tout à l'heure …

On plante là un "invité de marque" pense ironiquement Igor une fois seul. Vraiment le monde a changé. Et cette gouvernance ne me semble pas si bien vécue que ça si je me fie à certaines réactions notamment celle de Sylvie.

Maintenant que j'ai retrouvé mon fils il me faut apprendre à le connaître et lui transmettre tout ce que je peux tant que j'en suis encore capable. Mais je pense qu'ici ce sera difficile. Faut-il revenir au Rougier ? À Francazals ? C'est à voir avec lui et avec sa copine qui a l'air d'avoir beaucoup d'influence. Pour le moment j'accepte leur proposition de récupérer, on verra en fonction …

24.

Comme prévu, Igor s'intègre autant qu'il le peut au mode de vie du groupe qui en définitive n'est pas si important. Il se compose de vingt-trois femmes et douze hommes dont l'âge va de dix-huit à vingt-huit ans.

Etrangement le rythme de vie mis en place s'approche de celui des anciens monastères. Tout est commun, repas travaux et réunions de réflexions sur les projets. Globalement le rythme de la journée est inversé par rapport la lumière solaire. L'activité se fait principalement de nuit période où la chaleur permet.

C'est seulement après le dernier repas de midi que chacun a son autonomie, les couples peuvent retrouver leur intimité, et les autres s'occupent comme ils peuvent. Souvent ils se retrouvent dans la grande bibliothèque où ils lisent font des jeux ou organisent des fêtes.

C'est donc sur un de ces moments qu'Igor peut donc raconter le voyage extraordinaire qu'il a réalisé. À leur demande il rentre dans les détails de chaque période notamment celle de Titan. Mais il ne parle pas du message qu'il a reçu.

Ce message il est chargé de le transmettre aux dirigeants du monde. Pour le moment il ne sait comment ni à qui il va pouvoir s'adresser. Avec une situation mondiale aussi désorganisée comment faire entendre un message qui ne correspond déjà plus à la situation devenue incontrôlable.

Il ne voit donc pas l'intérêt de parler à ces jeunes d'une chose qui les dépasse même si leur projet de réorganisation sociale est louable. Cela va dans le sens de la réponse qui était attendue au message qu'il apporte, mais il est déjà trop tard, à quoi bon les décourrager.

Il se rend compte au fil des jours que la vision principale du groupe est de ne plus dépendre des technologies qui ont fait le malheur du monde. Cette vision si elle est partagée, le mode de gouvernance ne semble pas être tout à fait la même chose.

C'est une sorte de triumvirat féminin qui a les commandes. Pourtant, souvent le principe de l'accord de l'ensemble du groupe se trouve effacé par des décisions directes sans réelle concertation. Cela fait grincer des dents certains membres du groupe, souvent les plus jeunes, qui se sentent négligés parce que leurs propositions sont rejetées d'office. Igor qui sent parfois la tension monter ne veut pas créer de difficultés en donnant son avis.

Sa place avec eux en plus de son âge est anachronique. Il reste le représentant de l'ancienne société. Avec son humanoïde et son engin spatial, il représente le pur produit de la technologie de pointe dont ils ne veulent plus. Comme ils souhaitent rester dans un mode de vie simple il est l'exemple à fuir.

N'ayant donc rien à leur apporter, il faut qu'il parte au plus tôt avant de devenir un problème pour eux. Mais comment laisser un fils qu'il vient juste de découvrir ?

Heureusement un message de Loïs depuis Toulouse lui apporte une possibilité. Ce dernier lui indique brièvement que les nouvelles de l'espace qu'il attendait viennent d'arriver. Elles ne sont pas réjouissantes et il veut lui en parler directement.

Igor saisit l'occasion pour annoncer son départ au groupe.

— Je vous suis très reconnaissant de votre accueil et de m'avoir aidé à améliorer mon état de santé, mais je dois vous quitter.

— Pourquoi si vite ? demanda Sylvie, vous n'êtes pas si vaillant quand même ! Rien ne vous presse, rester un peu plus longtemps ne va pas changer la face du monde quand même !

— Par les temps qui courent, je ne dirais pas ça ma jolie, il y a des troubles dans l'espace qui risquent d'avoir des rebondissements sur la planète. Même si je ne peux y changer grand-chose, de le savoir permettra d'anticiper autant possible en se préparant aux conséquences qui peuvent être dramatiques…

— Je viens avec toi ! Déclara Léo. Comme ça s'il y a des choses à faire je pourrai revenir les mettre en place ici…

— Il y a de la place pour trois dans le module ? demande Sylvie, je viens aussi.

— Effectivement c'est possible. Mais je ne veux pas imposer quoi que ce soit qui déstabilise votre fonctionnement.

— Il faut attendre la prochaine réunion du groupe demain ! Déclara une des trois dirigeantes. Cette nuit nous avons encore du travail dehors, ce qui a été prévu doit être respecté !

— J'ai la chance d'avoir retrouvé mon père, il est fatigué et il a besoin de mon soutien. Je pense qu'il est possible de changer les choses quand c'est indispensable. L'attention aux autres, la solidarité c'est ce qui fonde notre groupe non ? Le reste, le matériel peut attendre !

— Nous avons créé ce groupe avec des règles il est indispensable de les respecter. Si chacun modifie les règles par rapport à ses intérêts ça va être l'anarchie ! Réponds la dirigeante.

— On n'est pas en dictature quand même ! Reprend Sylvie. Je ne suis pas d'accord !

— Si tu n'es pas d'accord, rien ne te retient ici. On t'a accueillie tu as accepté les règles si ça ne te va pas tu peux partir …

— Nous partons tous les deux ajouta Léo. J'espère que votre façon d'être ne vous portera pas préjudice. Salut !

Prenant son père et sa copine par le bras il les amène vers la sortie.

Leur départ fut immédiat, et la nuit n'en était pas à sa moitié quand ils arrivent à Francazals…

25.

Loïs s'est étonné de voir se présenter trois personnes à sa porte, mais il ne posa pas de questions. Les réponses viendraient plus tard, il le savait.

— Je suis content de voir de la jeunesse dit-il aux arrivants. Salut Léo, ça fait un moment que je t'ai vu, comment vas-tu mon grand ?

— Personnellement je vais bien. Je te présente Sylvie ma copine, nous avons profité du taxi ! Plus sérieusement nous avons décidé de suivre mon père. Tu ne trouves pas qu'il a besoin d'aide ?

— Tout de même il me reste un peu d'énergie dit Igor d'un ton pas très convaincant. Je suis surtout revenu suite à ce que tu m'as annoncé. Mais je crois que ce déplacement a provoqué des dissensions dans le groupement de Roquefort, j'en suis navré …

— Bon maintenant que vous êtes là, on va passer aux choses sérieuses, je vais vous installer. J'ai de la place sentez-vous comme chez vous reprit Loïs en s'adressant particulièrement au jeune couple. Toi Igor, veux-tu bien m'attendre dans la salle de communications ? Je t'y rejoins vite.

Loïs parti avec le couple, Igor se dirige vers la salle où la première fois il a pu s'informer de ce qui s'était passé pendant son absence.

Sur un écran est affichée une vue de l'espace. L'image est fixe, et il n'y a aucune indication pour savoir à quoi elle correspond. En s'approchant davantage de l'écran, il reconnait un peu mieux la zone concernée. C'est la région située entre la Terre et Vénus qui comprend aussi la ceinture d'astéroïdes qui se situe entre Mars et Jupiter. Jusque-là, il connaît, ayant navigué dans les parages martiens.

Ce qui l'intrigue est un point qu'il ne peut définir. Normalement pour ce qu'il en sait, à l'endroit où il est situé, il n'y a pas de corps céleste répertorié. De quand date cette prise de vues ? Rien pour le lui indiquer. Il doit attendre le retour de Loïs.

En l'attendant, voyant un fauteuil il s'y installe et s'endort presque immédiatement.

Quand Loïs rentre dans la pièce, il comprend le souci de Léo quant à son état de santé de son père. Il a vu pas mal d'autres astronautes avant lui revenir de leur séjour sur Mars avec une belle forme apparente et disparaître dans les semaines suivantes. Leurs organismes mis à rude épreuve des radiations ne s'adaptaient plus à la pression terrestre qui demande plus d'énergie.

— Combien de temps va-t-il tenir encore ? Se demande-t-il en s'installant devant les écrans sans le réveiller.

Un long moment après, Igor émerge de sa torpeur au son du cliquetis des divers claviers manipulés par son hôte. Avec difficulté il s'extrait de son siège pour en reprendre un tout près de l'opérateur.

— Ce n'est pas pour dire, tu n'es pas bien frais ! lui dit celui-ci.

— Tu l'as dit ! Je me sens de plus en plus fatigué, j'ai l'impression de peser une tonne ! Je sais ce que tu penses, je ne vais pas aller bien loin, j'en suis conscient, mais tant que j'ai toute ma tête on fera aller … Ce qui me pèse le plus est d'avoir retrouvé un fils et de ne pas pouvoir l'accompagner au

moins un bout de chemin ! Enfin c'est comme ça !
Parle-moi de ces informations que tu attendais.

Loïs prend un temps de la réflexion puis résume
l'ensemble des évènements.

— Toi le voyageur de l'espace tu es bien informé
de l'ensemble des dangers qui rôdent autour de
notre planète. Il se trouve qu'un astéroïde connu
depuis longtemps a modifié sa trajectoire depuis
peu. C'est le géocroiseur 4179 dénommé
"Toutatis" de type "Apollon" découvert en 1989.
Tu en as entendu parler, mais on l'avait un peu
oublié à cause de la menace d'un autre "Apophis"
celui qui a affolé tout le monde car sa collision
avec la Terre était annoncée en 2036.

— Je me souviens, j'étais encore à l'ESTACA. On
a eu droit à toutes les hypothèses sur sa trajectoire
et les solutions pour éviter son impact.

— Finalement, reprend Loïs, comme il est passé
assez loin de nous, à la suite de ça, on a un peu
négligé le sujet. Ce n'est que depuis que l'ensemble
des systèmes informatiques ont été impactés que
l'on a repris l'observation plus traditionnelle de
l'espace. On s'est intéressé à notre environnement
proche pour y déceler tout ce qui peut nous
concerner. C'est alors qu'a été découvert ce danger
imminent. Il est depuis scruté en permanence.

— Si je me souviens bien interrompt Igor, cet astéroïde a des caractéristiques assez particulières. A l'inverse de la majorité des planètes et corps célestes qui tournent sur seul axe comme la terre, Toutatis tourne dans tous les sens comme le fait un ballon de rugby quand il est envoyé n'importe comment.

— D'après les anciens calculs, il devait frôler la Terre en 2069 donc dans une dizaine d'années. Mais non seulement il semble avoir brusquement accéléré sa vitesse, mais sa trajectoire a aussi changé. D'après les dernières évaluations il doit impacter la planète dans moins d'un mois. Ce sont ces dernières nouvelles dont je voulais te parler.

Un long silence s'établit le temps à Igor d'intégrer ce qu'impliquait la nouvelle. Il reprend.

— Si je ne me trompe, ce bloc rocheux mesure plus de 18 km de long sur 12 km au plus large. Son impact s'il se produit correspondra à l'équivalent de l'explosion de plusieurs milliers de bombes atomiques. La vie va être éradiquée comme au temps des dinosaures en dégageant d'énormes quantités de poussière dans l'atmosphère et replonger la Terre dans une longue période glaciaire.

— C'est pour ça que je voulais te voir. Tu restes pratiquement le seul à avoir une expérience au niveau de l'espace. Y a-t-il une possibilité d'échapper à cette échéance ? Je sais que l'on a proposé beaucoup de choses à la période d'Apophis, on avait plus de moyens techniques qu'aujourd'hui et rien ne paraissait possible, alors aujourd'hui ? …

On m'a suggéré de voir avec toi si avec ton globule tu aurais la possibilité de faire quelque chose. J'ai dit que je t'en parlerais mais sans promettre que tu serais le sauveur de la planète …

— Tu as bien fait. Mon appareil est conçu pour des déplacements dans l'espace. Il a assez d'énergie pour encore faire plusieurs fois le trajet Terre Mars. Mais sa puissance est insuffisante pour modifier la trajectoire d'un tel mastodonte. En plus je ne pourrais même pas m'en approcher à cause de sa forme particulière qui bouge dans tous les sens. Je risquerais de m'y écraser ou même d'être éjecté avec violence.

— Il n'y aurait pas la possibilité d'envoyer à distance raisonnable une charge explosive pour au moins tenter de dévier sa route ?

— Je ne sais pas de quelle charge tu parles. L'appareil n'est pas configuré comme un avion de chasse, il faudrait adapter des systèmes lance-missiles s'il en reste d'opérationnels, mais je ne pense pas qu'on pourrait embarquer de charges

assez puissantes pour impressionner le monstre…
A mon avis, il faut faire le deuil de toute intervention humaine en souhaitant qu'il nous évite….

Mais moi, je sais que cela va arriver de façon inexorable c'est la fin d'un cycle pour la planète.

— Comment peux-tu être aussi sûr de ce que tu avances ? réagit Loïs.

— Je crois qu'il est temps que je me délivre d'un secret que je porte depuis Titan. Pour ça je dois retrouver mon fils et Sylvie.

— Comment ça un secret ?

— Un message qui m'a été transmis à communiquer aux responsables de la planète. Mais quand je suis revenu, c'était déjà trop tard …Va les chercher, vous allez tout savoir …

26.

Un bon moment plus tard, tous les quatre sont réunis dans un salon autour d'une table basse que Loïs avait garni de légumes frais découpés en lamelles ou en rondelles, endives, carottes, concombres...

Un grand silence interrogatif s'est établi, simplement troublé par le claquement des mandibules sur les crudités. Tous étaient suspendus aux lèvres de l'explorateur.

Prenant son souffle, Igor commence son récit.

— Quand je suis arrivé sur Titan, j'étais au paroxysme du bonheur. J'étais le premier homme à parvenir aussi loin dans la galaxie. Seulement un ou deux satellites sont allés plus loin et vont bientôt entrer dans l'espace intergalactique. Ma mission était de faire le maximum d'études et de prélèvements possibles. Aussi de parcourir cet astre du nord au sud pour cartographier ses chaines de montagne et ses lacs de méthane. Cela a duré trois mois

La dernière étude avant mon retour avait pour objet la trace d'un impact de météorite d'un aspect particulier. Au centre de celui-ci j'ai été attiré par une forme bizzare.

Je suis descendu du module, et me suis approché avec mon matériel de prélèvement habituel. Le sol était gelé, mais une sorte de tourbillon se produisait en son centre. Il variait de hauteur avec une luminosité en interne qui passait par toutes les couleurs possibles alors que l'environnement jaune et sombre de Titan se maintenait tout autour.

Fasciné par ces couleurs étranges je me suis approché. Jamais je ne me suis senti aussi bien et alors j'ai perdu connaissance…

Ses auditeurs interloqués se demandent pourquoi il les a réunis pour leur apprendre qu'il a perdu connaissance sur Titan ! Mais ils ne lui coupent pas la parole. Ils voient bien qu'il revit à nouveau son expérience, et attendent silencieusement qu'il complète son récit.

— Je ne sais pas comment j'y suis revenu, mais je me suis réveillé dans le globule. Nestor n'a pas voulu me dire quoi que ce soit sur cet évènement. De fait c'est comme si j'étais mort puis revenu à la vie.

Car à partir de ce moment-là, **j'ai tout compris de notre monde !** Et j'ai reçu la mission d'annoncer à ma planète de changer avant que la catastrophe arrive. Maintenant c'est trop tard, mais vous devez savoir.

En fait, l'univers tel que nous l'entrevoyons est un ÊTRE dont nous faisons partie. C'est une sorte de Pyrosome composé de milliers d'êtres minuscules (nous entre autres, semblables aux zooïdes). L'ensemble des innombrables galaxies sont ses cellules.

Chaque élément de cet univers possède sa fonction propre et, tout comme dans nos corps humains, un dérèglement sur un point entraîne des conséquences sur l'ensemble.

La terre est un élément qui participe à la zone de créativité de l'ÊTRE, mais doit rester dans le périmètre de son environnement.

Comme un virus, l'homme qui a détruit sa planète s'est lancé dans la conquête de l'espace. Il a dépassé les limites qui lui sont imparties et risque de contaminer les autres cellules. Non seulement il a détruit son environnement mais il est en train d'exporter son mal en dehors.

Semblable à des cellules cancéreuses qui envoient leurs métastases dans le reste de l'organisme l'homme sortant de sa galaxie met en péril l'intégrité de l'ÊTRE dont il fait partie.

Le message est donc d'arrêter l'expansion hors de notre système solaire pour ne pas porter atteinte à son équilibre. Comme les premières sondes sont déjà aux limites de notre système, l'ÊTRE doit donc arrêter notre expansion.

Pour cela, sa priorité a été de bloquer la progression. Par une éruption solaire la destruction des moyens techniques de communication a fait évacuer la Lune et Mars. Mais étant donné l'état dans lequel l'homme a mis sa planète, ce n'est pas suffisant. Une remise à zéro est nécessaire, c'est la deuxième phase qui arrive. L'impact d'une météorite va faire revenir l'homme à un niveau technologique des plus simples.

Ce n'est pas la première fois que l'ÊTRE est obligé de réguler ce qui se passe sur terre comme aussi sur d'autres astres. Les traces sont restées dans l'histoire de la terre et de la mémoire collective de l'humanité.

La disparition des dinosaures c'est ce qui vient en premier dans notre esprit. Nous avons retenu cet évènement à cause de la disparition de ces animaux mythiques, mais en réalité il y a eu des équivalents anciens ou plus récents de plus ou moins grande ampleur suivant l'importance de ce qui commençait à être une menace pour l'ÊTRE supérieur.

Je vais vous énumérer un certain nombre d'éléments que j'ai découverts lors de cette révélation sur Titan. Ils vont vous faire comprendre que beaucoup de signes nous ont été laissés mais qu'ils ont été négligés ou classés comme délires d'illuminés, donc voilà les principaux…

Depuis les dinosaures, il y a eu entre autres, un cataclysme vers -12 800 ans qui a détruit une civilisation avancée. Elle a eu néanmoins le temps de laisser des traces de leurs savoir-faire avant de disparaître.

De plus anciennes sociétés ont pu techniquement envoyer non loin de la terre (sur la face cachée de la lune) des "témoins" qui ont attendu la remise en état de la planète pour y relancer une civilisation nouvelle.

L'épisode du déluge et l'arche de Noé est la façon imagée de décrire le départ de ces témoins. Pour ces rescapés qui revenaient transmettre une partie de leurs connaissances il n'était pas possible d'expliquer la technologie qu'ils utilisaient. Des récits semblables de sauvetage d'un groupe d'humains se retrouvent aussi dans les histoires de certains peuples d'Inde et d'Iran et autres.

Considérés comme légendes, de nombreux récits rapportent des choses semblables. Sur toutes les régions de la planète des traditions orales ou écrites classées comme mythologies, font état d'un passé ayant connu des périodes catastrophiques toujours liées à un mauvais comportement humain.

Les Babyloniens s'étaient rendu compte que les planètes avaient des variations qui correspondaient à des phases périodiques de l'univers lui permettant ainsi de régénérer.

Dans des textes anciens chinois, le Huai-nan-Tzu parle des hommes qui se sont rebellés contre une "race de dieux" (des rescapés revenus de l'espace pour créer une vie merveilleuse), la planète fut détruite…

Pour Héraclite le monde se détruit à un moment donné pour se reconstruire …

L'Atlantide ce continent englouti qui reste une des énigmes les plus grandes depuis l'antiquité correspond en réalité à l'une de ces périodes. Les hauts et les bas du comportement du "virus" que sont les indigènes de la Terre obligent régulièrement l'ÊTRE à réagir plus ou moins violemment.

Mais paradoxalement, il laisse la possibilité de garder des traces de cette vie antérieure. Si on réfléchit cette opportunité correspond à ces questions que se sont posés nombre de chercheurs.

Comment toutes ces civilisations anciennes comme les Sumériens, Égyptiens, Mayas ou autres ont pu partir de rien ? Elles ont récupéré des techniques de civilisations antérieures bien avancées dont nous ne savons rien ou pas grand-chose.

Dans les fouilles de Ninive furent trouvés des cylindres d'argile. Ceux-ci racontent que le roi qui vivait il y a plus de 5000 ans est parti à bord d'un navire volant. Il monta très haut, vit la terre entière et ses océans, puis atteignit la Lune, Mars puis Vénus…

Enfin, il faut prendre en compte les Annales Akashiques pour comprendre tout ça.

— Annales Akashiques ? demanda Sylvie. C'est quoi comme bouquin ? Je n'ai jamais entendu parler de ça !

— Je comprends tout à fait ta question reprend Igor. Ce n'est pas du tout un ouvrage au sens courant du terme. Il faut se reporter au sanskrit pour qui Akasha veut dire "substance primordiale" ce qui égale "l'élément Ether". En fait c'est tout ce qui est autour de nous. Akasha ou Ether c'est une vibration qui enregistre tout notre passé et présent.

Donc tout ce qui se pense ou se vit, non seulement par nous humains, mais aussi par les plantes, animaux, pays et planètes est enregistré dans l'ensemble des mémoires Akashiques.

C'est la mémoire de l'univers tel que je viens de vous décrire, celle de l'ÊTRE Suprème dont nous sommes un élément. Tout ce que nous vivons l'enrichit ou le perturbe.

Nous vivons et disparaissons, mais en réalité nous restons toujours présents d'une autre manière. C'est ce que nous rapportent ceux qui ont vécu une expérience de mort imminente en évoquant les entités qui leur ont parlé dans cet état intermédiaire. De même, ceux qui croient en la réincarnation s'approchent de cette réalité.

Des initiés peuvent accéder à cette mémoire universelle et donc en tirer les bénéfices. C'est ce qu'ont pu faire certains d'entre eux pour faire redémarrer une civilisation éradiquée.

Dans la situation actuelle, il n'y a pas de solution pour le restant de l'humanité. On a longtemps parlé de faire des efforts pour sauver la planète, en réalité c'est l'humanité qu'il fallait penser à préserver. La planète va rester et se renouveler, elle l'a déjà fait maintes fois.

Par contre il faudrait laisser quelque chose de notre civilisation au petit restant des humains qui seront rescapés. Nous devons trouver une possibilité de sauvegarde de nos savoirs avant le cataclysme final qui arrive …

— Nous devons ? pensa tout haut Loïs.

— Je vais vous expliquer mon idée répondit Igor.

27.

Avant de continuer, Igor regarde longuement ses interlocuteurs pour voir comment ils intègrent ce flot d'informations pour lesquelles ils n'étaient pas préparés.

A leur place il se poserait des questions sur son état mental. Le voyage lui aurait fait perdre la tête en provoquant des visions particulières, comment avaler de pareilles informations ?

Du coup, il préfère prendre les devants.

— Vous devez me prendre pour un illuminé, je pense que je ferais pareil à votre place. Je vous ai servi ça tout de go sans préparation. En fait c'est ce que j'ai ressenti quand je suis revenu à moi. J'avais l'impression d'avoir perdu le sens des réalités. Mais peu à peu j'ai été convaincu que je n'avais pas fait un mauvais rêve. Tout m'a été annoncé et les évènements qui sont arrivés ont confirmé la réalité des annonces. Concrètement les épisodes que j'ai vécus par la suite n'étaient pas des surprises, je savais …

— Tu savais déjà tout ce qui nous est arrivé ces derniers jours ? Demanda Léo.

— Savoir est un bien grand mot, ça reste comme normal pour moi, il n'y a pas d'effet de surprise. Par exemple la lettre de ta mère d'une certaine façon était déjà dans mon esprit, tout comme la nouvelle de ta naissance.

Avant que Loïs m'annonce l'arrivée de l'astéroïde, je savais qu'une nouvelle action de l'Être Suprème allait se produire. J'ai eu l'occasion depuis mon voyage de retour de vérifier ce qui m'a été annoncé. Par exemple, la coupure de toutes les communications et des systèmes informatiques par les éruptions solaires est la première annonce réalisée qui m'a persuadé du concret de ce que j'ai vécu sur Titan…

— Effectivement ce n'est pas évident à croire au premier abord déclare alors Loïs, mais avec ce que tu viens de nous dire, tout s'explique et s'imbrique parfaitement. Je suis enclin à te suivre dans cette explication.

— Moi je me retrouve dans cette histoire, réplique Sylvie. J'ai été éduquée par un oncle qui ne croyait qu'en un seul Dieu qui a créé ce monde. Dieu dont on a oublié la présence en le remplaçant par une vie de plus en plus débridée.

Pour lui les épreuves que nous vivons sont une punition. Mais la réponse qu'il apporte à la situation ne me satisfait pas. Ton expérience Igor me permet de comprendre notre existence d'une façon plus claire même si les échéances m'interpellent.

— Les échéances pour moi sont très claires. Interrompts Léo. La terre va être complètement dévastée par cette météorite. Notre avenir c'est la mort à cour terme c'est ce que je constate. Je ne vois pas ce qui pourrait arrêter ça !

— Pour moi et ton père dit Loïs, nous qui avons déjà bien vécu, ce qui va nous arriver ne fera qu'avancer une échéance inéluctable. Je comprends que pour vous ce soit angoissant !

— En tout cas s'exclame Sylvie en se lovant contre Léo. Je mourrai heureuse dans les bras de l'homme de ma vie !

Igor et Loïs ne purent éviter un sourire se dessiner sur leurs lèvres.

— Je vous ai parlé d'une idée reprend Igor. En fait c'est un projet un peu fou que j'ai à vous proposer. Comme je vous ai dit, dans des situations antérieures l'ÊTRE a toléré le fait de sauvegarder des savoirs pour l'humanité nouvelle qui va surgir. Il nous est possible de faire cette sauvegarde.

— Je ne vois pas bien comment, dit Léo. Il faudrait avoir énormément de culture dans tous les domaines et passer la période de l'impact. On n'a pas de temps pour mobiliser du monde ayant les capacités nécessaires…

— Tu es un peu trop pessimiste répond son père. Il n'est pas nécessaire de faire appel à qui que ce soit d'autre. Nous avons à nous quatre le potentiel pour y parvenir.

Premièrement il est assez facile grâce à Loïs qui peut accéder à une base de données très importante d'enregistrer tout ce qui peut être positif pour une nouvelle civilisation sur des disques durs.

En deuxième temps, toi Léo qui est spécialiste de ce qui est végétal, tu dois savoir où on peut récupérer un maximum de semences.

Troisième temps on embarque tout ça dans le *Globule* et direction Mars où il y a une possibilité de maintenir des hommes en vie pendant un long moment. Voilà le plan que je propose.

Cette proposition insolite laisse songeurs ses interlocuteurs. Au bout d'un moment Loïs dit en raclant sa gorge.

— C'est original comme plan ! En gros c'est une nouvelle arche de Noé que tu proposes. Et le domaine animal tu y penses ?

— Dans tous les épisodes antérieurs, globalement le règne animal résiste mieux que le reste surtout les petits mammifères. C'est pour cela que je ne l'ai pas évoqué. J'ai remarqué que les animaux vivant à l'air libre sont situés sur l'Antartique qui est le dernier endroit qui rappelle nos anciens territoires. D'après ce que je ressens, le choc s'effectuera sur l'hémisphère nord en épargnant cette zone de façon minime. C'est là que le retour se fera dès que ce sera possible.

— C'est un nouveau Paradis Terrestre que tu envisages ! déclara Sylvie en riant.

— Et tu seras la nouvelle. Ève ! Compléta Léo sur le même ton.

— C'est une comparaison intéressante reprit Igor, il faudra bien revenir sur un coin de terre apaisé. En tout cas, vous êtes les seuls candidats pour accomplir cette tâche. À moins que vous préfériez finir vos jours avec nous !

— Pourquoi ? Nous sommes quatre il n'y a pas de raison que l'on soit que nous deux.

— J'en vois plusieurs. Reprend Igor. D'abord pour ma part je ne pense pas pouvoir supporter un nouveau voyage sur Mars. Je ne me prononce pas pour Loïs, mais il peut vous servir pour tout ce qui est des conditions de déplacement et d'approche de la météorite, c'est important pour la réussite du départ.

— Tout à fait d'accord complète Loïs, je serais plus utile ici jusqu'au dernier moment, et puis je n'ai pas envie de partir dans l'espace. J'en ai souvent eu l'occasion mais ce n'est pas mon truc … En plus vous aurez Nestor à votre service et ça c'est très important.

— Bon on est d'accord ? Vous avez du travail, où vas-tu pouvoir trouver des semences ? Demande Igor.

— Je sais qu'il y a une réserve mondiale de semences qui a été réalisée au Svalbar en Norvège. Réponds Léo. Il devrait y avoir si les conditions climatiques ne les ont pas détruites, plus de 10 000 graines de toutes les cultures connues sur la planète. Il suffit de savoir si on peut y accéder facilement.

— Je me renseigne ! dit tout de suite Loïs. Après ça je m'attelle à vous enregistrer le maximum de données. J'y vais de ce pas.

Loïs trouva vite ce qui était advenu de la réserve mondiale.

Bien installée sur l'île norvégienne du Spitzberg, à 130 mètres sous terre, celle-ci est restée en bon état. Mais y accéder est devenu compliqué. Il n'arrive pas à savoir qui en garde l'accès. Igor et Léo prennent donc la décision d'y aller de suite avec le *Globule*. C'est l'occasion pour Léo d'apprendre le pilotage assisté par Nestor.

Pendant ce temps Sylvie est chargée d'aider Loïs à sélectionner toutes les données intéressantes à enregistrer. Elle doit en fonction de sa sensibilité faire des choix qui orienteront plus tard un nouveau mode de civilisation. Elle mesure du coup la responsabilité qui pèse sur ses épaules…

28.

Le déplacement en Norvège enchante Igor. Une connivence s'est créée entre le père et le fils, à laquelle s'est ajoutée celle entre Léo et Nestor son ami robot. Ce ne peut être que bénéfique pour l'avenir commun qui attend le jeune couple pour les années à venir.

Sans aucun problème le module se pose sur la plateforme qui se situe devant la pointe en béton qui marque l'entrée de la réserve. Celle-ci construite à 95m au-dessus du niveau de la mer à l'époque de son inauguration en 2008. Mais le paysage que découvrent nos voyageurs est complètement différent.

Il ne reste rien de l'Aéroport régional du Svalbard ni du village de Longyearbyen, l'ensemble est sous les eaux depuis bien longtemps. A présent, la plateforme ne se trouve plus qu'à quelques mètres au-dessus du niveau de la mer. Un peu plus loin quelques rares restes d'habitations émergent encore.

La température est plus clémente sur cette île qui n'est située qu'à 1300 kilomètres du pôle Nord. Autrefois sous la neige et la glace le sol s'est couvert de végétation même si elle n'est pas très vigoureuse. La population n'y a jamais été importante mais même ici s'est fait sentir la vague de la pandémie. Cependant vu la clémence du lieu, quelques téméraires sont venus s'y installer en espérant y vivre avec plus de facilité. Quelques habitations bizarres ressemblant à des cabines de plage ont donc été construites sur les collines au-dessus de la réserve.

Ne voyant personne, ils se dirigent avec leurs tenues de cosmonautes vers la plus proche. Ayant frappé sans avoir de réponse, Nestor ouvre la porte qui n'a pas de véritable fermeture. Comme ils s'y attendaient, la pièce qui se présente à eux n'est pas grande. En fait ce n'est qu'un sas qui permet de protéger l'entrée d'un tunnel.

— L'habitation doit être sous terre dit Léo, on va voir ?

— On va laisser faire Nestor, il est très bien pour les contacts un peu particuliers répond Igor.

L'attente ne dure pas. Nestor revient accompagné d'un homme d'une trentaine d'années avec une barbe fournie et de longs cheveux graisseux. De son visage on ne distingue que les yeux, la bouche elle est cachée par le foisonnement de la barbe.

— Hvem er du ? romvesener ?

— Je ne comprends pas dit Léo, ce doit être du norvégien !

— Je veux bien vous traduire, demande Nestor. J'ai dans ma base de données presque toutes les langues de la planète. Il demande si vous êtes des extraterrestres.

— Bien dit Igor, rassure-le et précise lui que nous sommes envoyés pour récupérer un grand nombre de semences pour les mettre en sécurité dans un autre endroit de l'espace.

Un long palabre se déroule entre le robot et l'autochtone. L'individu assez animé au début se calme face au ton égal et particulier de Nestor. Celui-ci finit par leur reporter la conversation.

Il est le dernier des gardiens de la banque de semences, et il n'a pas le droit de laisser qui que ce soit entrer sans autorisation. À la question à qui faut-il s'adresser pour en avoir une, il ne peut répondre car comme ailleurs, il n'y a plus de responsables officiels. Nestor essaie donc de le convaincre que pour le bien de l'humanité il est important de sauvegarder une part de ces graines ailleurs que sur la planète.

— Nous sommes les seuls à pouvoir partir dans l'espace, notre tenue et notre appareil en est la preuve. En plus, ce site bien qu'il soit prévu pour résister à tout va bientôt être mis en difficulté car le permafrost complètement dégelé n'assure plus correctement les − 18° conditions de froid prévues à sa création. De plus la succession d'intempéries n'est pas près de s'arrêter. Nous devons continuer ailleurs le travail entrepris ici…

Convaincu par ces arguments, l'homme récupère les diverses clefs des portes successives.

La première s'ouvre sur un grand couloir de 150 mètres qui s'enfonce sous la colline. Une deuxième s'ouvre sur un hall où se présentent plusieurs portes.

— Au départ ici les parois étaient complètement givrées par le froid. Ces portes donnent dans les chambres qui ne sont plus qu'à 5° et non à − 18°, dit leur guide aussitôt traduit par Nestor.

La chambre comporte des rayonnages où des millions de semences venues du monde entier sont rangées. Elles sont classées par continent et par variétés des plus anciennes à celles modifiées au fils des ans. Léo impressionné par le nombre ne sait comment il va pouvoir faire sa sélection. Devant son interrogation le guide lui donne ce conseil traduit par Nestor:

— A votre place, je choisirai les semences de chaque continent en ne prenant que celles qui ont les origines les plus anciennes. Ce sont les plus robustes et elles devraient s'adapter dans tous les milieux.

— Excellent conseil, commenta Igor. Cela te donne la possibilité de faire repartir des cultures qui n'ont pas été modifiées par notre civilisation. Vas-y on va t'aider.

La sélection faite les trois voyageurs remontent immédiatement dans leur machine et disparaissent rapidement devant les yeux ébahis du gardien local.

Leur retour à Toulouse a été accueilli avec soulagement par Sylvie et Loïs. En effet, après avoir réalisé toutes les sauvegardes possibles, ils ont attendu en écoutant les dernières nouvelles. Et celles-ci ne sont pas vraiment bonnes.

L'arrivée de l'astéroïde est annoncée pour les jours qui suivent. Celui-ci tournoyant dans tous les sens empêche des calculs précis pour estimer sa trajectoire et évaluer le lieu de l'impact. La seule certitude est que le contact se fera dans l'hémisphère nord comme l'a annoncé Igor.

— Suivant l'angle d'impact il y a la possibilité d'un déplacement de l'axe de rotation de la terre et un grand mouvement des plaques tectoniques Cela risque de modifier à nouveau les continents. Mais il n'y aura plus qu'une poignée d'humains pour le vivre et s'adapter de son mieux aux conséquences de ce qui va arriver précisa Loïs…

— Il est temps de préparer le départ décide Igor. Il faut que vous ayez quitté la zone d'attraction terrestre avant le grand chambardement …

29.

Une dernière soirée réunit les quatre compagnons. Ils sont à la fois angoissés et excités de vivre ensemble un évènement qui les dépasse et qui va les séparer à tout jamais.

Pour égayer un peu l'ambiance, Loïs a mis les petits plats dans les grands en préparant un repas. Il a ressorti du fond des anciennes cuisines de la base des boîtes de conserve de viande qui par chance sont encore consommables. En les ajoutant à ses légumes maison il leur a préparé un petit menu accompagné de bonnes bouteilles elles aussi derniers restes d'un passé révolu.

Ne voulant pas s'éterniser dans des adieux larmoyants, ils avaient convenu qu'à la première lueur du jour le *Globule* décollerait au plus vite. Igor et Loïs resteraient à l'intérieur de la base pour suivre leur trajectoire autant qu'ils le pourraient.

Le contact radio restera le dernier lien tant que l'astéroïde le leur permettra.

C'est ainsi qu'après une accolade prolongée avec les anciens, le jeune couple s'envole vers un nouvel avenir.

Une quinzaine d'heures plus tard une dernière annonce parvint au Globule.

— Impact immédiat ! L'avenir est à vous faites-en quelque chose de bien …

Un grésillement coupa la liaison laissant les occupants de l'engin dans une profonde tristesse. Au bout d'un long silence, Léo dit à sa compagne

— Un cycle se termine, mais une nouvelle forme de civilisation nous attend, à nous d'être à la hauteur…

EPILOGUE

Avant la création du monde, avant le commencement de toute chose, il n'y avait rien, sinon "un Être". Cet Être occupait un vide sans nom et sans limite, mais c'était un Vide vivant, couvant potentiellement en lui la somme de toutes les existences possibles. Le temps infini, intemporel, était la demeure de cet Etre-Un.

Cosmogonie mandé d'après Amadou Hampâté Bâ.
Contes initiatiques Peuls

Sources d'informations techniques et scientifiques :

- https://www.futura-sciences.com
- https://www.20minutes.fr/sciences
- https://sciencepost.fr/chine-mission-habitee-lune/
- http://french.china.org.cn/science/
- https://www.sciencesetavenir.fr/
- https://blogs.letemps.ch/pierre-   brisson/
- https://www.techniques-ingenieur.fr/actualite/
- https://www.webastro.net/forums/
- http://www.nirgal.net/hohmann.html!
- https://www.cnetfrance.fr/
- https://www.numerama.com/sciences/
- https://solarsystem.nasa.gov/missions/cassini/
- Contes initiatiaques peuls : Amadou Hampâté Bâ
  Pocket septembre 2000
- 4x4 Hyundai https://youtu.be/FuqjDgndIro
- https://www.techno-science.net
- https://www.techniques-ingenieur.fr

Crédit photos

Photo première de couverture : assemblage des photos libres de droit
Licence:
Libre d'utilisation CC0

1-https://pixnio.com/fr/espace-fr/orion-nebuleuse-lespace-galaxie
2-https://www.pexels.com/fr-fr/photo/paysage-personne-montagne-voyager-8474451/

Photo quatrième de couverture :
-https://pixabay.com/fr/illustrations/paysage-des-nuages-saturne-espace-56314/

Licence:
Libre d'utilisation CC0

Montage graphique Marie Ponce-Clauzon 2022